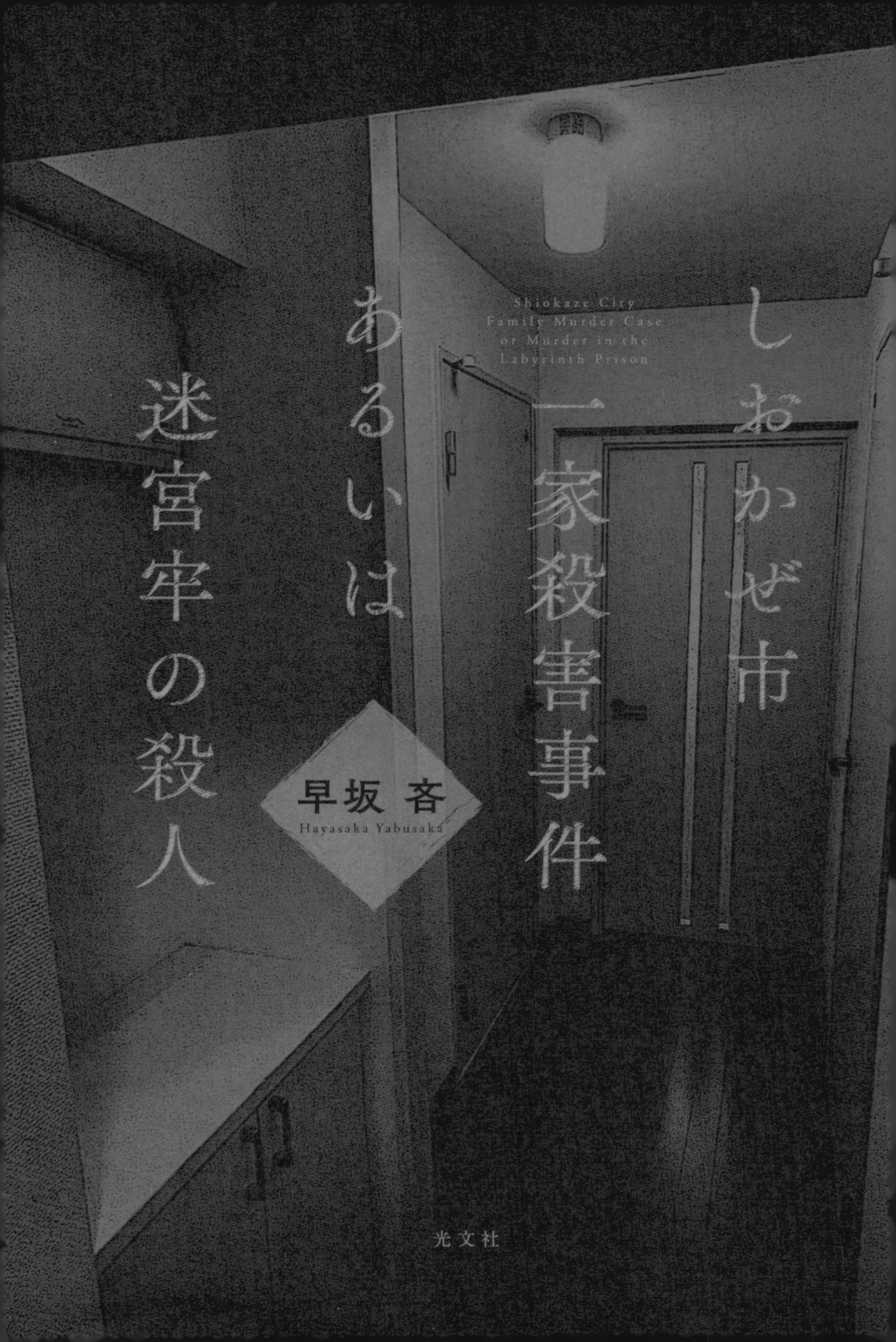
しおかぜ市一家殺害事件
あるいは迷宮牢の殺人
Shiokaze City
Family Murder Case
or Murder in the
Labyrinth Prison
早坂 吝
Hayasaka Yabusaka
光文社

しおかぜ市一家殺害事件あるいは迷宮牢の殺人

装画　カオミン
装幀　大岡喜直（next door design）
図版　デザインプレイス・デマンド

【迷宮牢 全体図】

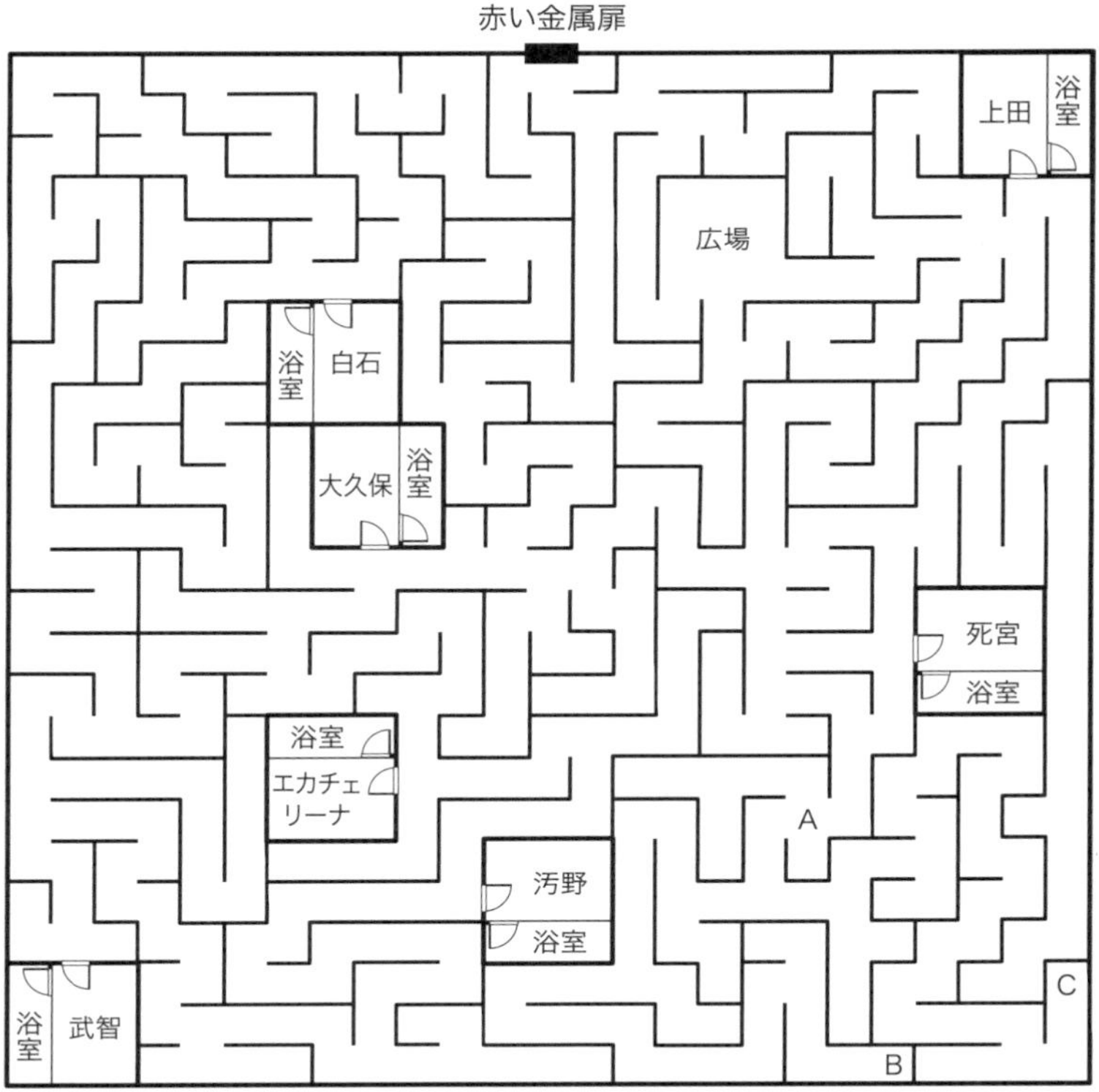

目次

しおかぜ市一家殺害事件

衝突からすべてが始まった。

一人は、側頭部に円形脱毛症ができた灰色スーツの中年男性。

もう一人は、耳たぶの下端に慎《つつ》ましいピアスを着けた紺色カーディガンの若い女性。

忙《せわ》しく通勤者が行き交う早朝のしおかぜ東駅構内。

それは偶然ではなく、どう見ても意図的な衝突だった。

まず、ぶつかりそうになった女が脇にどいた。

すると男が同じ方向に一歩踏み込んだ。

そして減速するどころかむしろ加速して、肩からぶつかっていったのだ。

男はさほど体格がいいわけではなかったが、この年代の男性に必要な「威圧」するための恰幅《かっぷく》は身に付けていた。

華奢《きゃしゃ》な女は弾《はじ》き飛ばされ、尻餅をついた。

男は一切振り返ることなく、そのままの早足で立ち去った。

座り込んだ女の表情がくしゃっと歪《ゆが》んだ。

泣き出すのだろうか？

いや、違った。

笑いだ。

周囲を窺《うかが》うような密《ひそ》かな笑み。

「恥」を感じた者の表情だった。

女はハンドバッグを拾い上げると、男とは逆方向に立ち去った。

「何もお前が恥ずかしがることねえだろうが――」

一連の出来事を真横から見ていた餓田《うえだ》は思わず呟《つぶや》いていた。

最近、ストレス解消目的で女や老人にわざとぶつかる「ぶつかりおじさん」が増えているという。

話には聞いたことがあったが、実際に目撃するのは初めてだった。

餓田は後頭部がカッと熱くなるのを感じた。

激情が足を突き動かした。

追いかけて、とっちめてやる。

人混みを掻《か》き分けて足早に進む。

すると既視感のある背中が見えてきた。

――いた。さっきの奴《やつ》だ。

「おい」

と肩に手を置いて振り向かせる、そんな自分を想像した。

だがその後は?

何をするにも、ここでは人目が多すぎる。

餓田は深呼吸をして一旦気持ちを落ち着けることにした。

自分は激情と冷静を兼ね備えており、それを瞬時に切り替えることができる人間だ。そしてその感情の落差こそが自分の特別性を示しているのである――彼はそう信じてやまなかった。

彼は尾行しながら機を窺うことにした。

改札を抜けて北口を出る。

しおかぜ市の街並みはいつ見ても昭和だな、と思う。

干潟がちょっと有名なだけのありふれた臨海地方都市だから仕方ないが、風景全体が古い写真のように色褪《いろあ》せている。

こののっぺりした景色を日常的に見続けていると、自分の脳まで平板に退化してしまうのではないかと怖くなる。

実際、この街はハリボテだ。

駅前にとりあえずビルを並べて人通りを集中させてはいるが、少し区画を抜けるともう場末の様相を露呈するのだ。

その証拠に、ほら――。

目標がビルとビルの隙間に入ったので、餓田も後を追った。

するとそこはもう人気《ひとけ》のない路地裏だった。

少し先を歩いている相手に気付かれないよう忍び足に切り替える。

ここで仕掛けるべきだろうか？

いや、まだだ。

ここはまだ大通りから覗《のぞ》き込まれる。
接触はもう一つ角を曲がってから——。
状況は餓田が望む通りになった。
彼はもう待ちきれないとばかりに走り出し、自分も角を曲がった。
こちらの路地にも人影はない。目の前の人物を除いては。
「おい」
今度は本当に発声すると、振り向いたその顔面をストレートで打ち抜いた。
続けて兎耳狩《うさみみがり》。
猫目隻《ねこめせき》。
熊の掌《てのひら》の逆襲。
蜘蛛《くも》足払《あしばらい》。
森羅万象《しんらばんしょう》の跫《あしおと》。
自己流の技を次々と叩《たた》き込んでいく。
餓田が我に返った時、相手はすでに動かなくなっていた。
彼は満足げに一息つくと、清々《すがすが》しい汗を拭った。
その時、路地に眩《まばゆ》い朝日が差し込み、倒れた人物の側頭部で何かが光った。
それはピアスだった。
餓田の足元には紺色カーディガンの若い女性が倒れていた。
見るも無惨に変形した女の顔に、餓田は唾を吐きつけた。

「ムカつくんだよ、テメエみたいな女見るとよ。なぜあの時笑った？　なぜ怒らなかった？　お前はあのおっさんを追いかけて文句を言うべきだったんだ。俺なら確実にそうしてたぜ？　なぜなら〝怒り〟こそが最も重要な感情だからだ。こないだ本屋で糞《くそ》みたいな啓発本を見たよ。怒りを感じたら深呼吸をして六秒数えなさい、そしたらもうどうでもよくなってるからって。アホか、六秒でどうでもよくなる怒りなんて怒りじゃねえよ。俺は時々すごくビックリするんだ。世間の連中と俺とじゃ感情の大きさが全然違うらしいってことに。向こうは向こうで俺にギョッとしてるみたいだが、こっちはこっちであんたらが何を考えてるかさっぱり分からねえ。ま、多分何も考えてないんだろうな。だからおっさんにぶつかられてもヘラヘラ笑ってられるんだ。感情が希薄すぎる。人間の意味がない」

調子良くまくし立てていた餓田が突然、顔をしかめた。

自分の言葉で自分の中に怒りが湧いてきたのだ。

彼は舌打ちをすると、女の脇腹に蹴りを入れた。

その拍子に女の顔がうつ伏せになり、両耳が見えるようになった。

それで分かったのだが、女は片耳にしかピアスを着けていなかった。

確か右耳のピアスは「守られる人」の象徴で女が着けるもの、左耳のピアスは「守る人」の象徴で男が着けるもの。それを敢《あ》えて逆の耳に着けると、同性愛の意思表示になることがあるという。

餓田はピアスなど着けたこともないが、そういった雑学には詳しかった。

この女の場合はどちらだ。

餓田は女の足側に回り込み、腕時計をした右手で女の右耳を指差した。

「右耳——守られる人——同性愛者じゃないってことね。でもピアスはあんたを守っちゃくれないぜ。自分で自分の身は守れるようにしないと。じゃあな！」

餓田は威勢良く捨て台詞《ぜりふ》を口にしたつもりが、その声は震えていた。

彼は自分でもそれに気付いてつまらない気分になった。

そこで次は半口を開けてゲタゲタ笑っているつもりで路地の出口に向かったが、外から見るとほとんど無表情のままなのであった。

*

ベルトコンベアの上を大量の虫除けスプレーが流れていく。

右から左に？

左から右に？

そんなことはどちらでもよろしい。

次から次へと流れてくる虫除けスプレーのキャップを開けては再び閉める。それが餓田の仕事だった。

何のために？

何のためにそんな無意味なことをする？

餓田は最初もちろんそう尋ねた。

この工場の正社員である北野章《きたのしょう》はこう答えた。

「キャップが固すぎて開かないってクレームが多くてね。そこで一度人力で緩めて開けやすくすることにしたんだ」

餓田は最初もちろん耳を疑った。

「まさか。そんなのキャップを閉める機械の設定を弄《いじ》れば済む話でしょう」

すると北野は露骨にムッとした表情になった。派遣社員に口答えされたと思ったのだろう。

「この仕事は不満？」

「いや、そうじゃなくて単純に理由を知りたかっただけで……」

「とにかく必要な仕事なんだよ。このラインはおばさんが多いから、若くて力がある餓田くんが適任なんだ」

北野は有無を言わさぬ口調でそう言うと、どこかへ立ち去っていった。

理由を聞いただけなのに不平と受け取るなんて会話もできないのか。

頭が悪いのは北野だけではない。他の奴らも馬鹿ばかり。

ここは自分のような人間が働く職場ではない。契約期間が満了したらすぐ辞めてやる。

そう思いながら餓田はキャップを開けては閉め、開けては閉め、開けては閉め、開けては閉め、開けては閉め、開けては閉め、開けては閉め、開けては閉め、開けては閉め、開けては閉め、開けては閉め、開けては閉め、開けては閉め、開けては閉め、開けては閉め、開けては閉め続けた。

そうこうしているうちに自分が何をしているのか分からなくなってきた。

同じ漢字をじっと眺めているうちに各部分がバラバラに見えてきて何という漢字だったか分からなくなる——そんな現象をゲシュタルト崩壊というが、それの行動版だ。

このキャップはどちらに回せば良かったんだっけ。

「あれ、ちょっと、ちょっと待って」

まだ開けていない虫除けスプレーが手元から離れていく。

いや、まだ閉めていないのだったか？

そんなことはどちらでもいい！

早く取り返さないと。

餓田は手を伸ばした。

その拍子に、腕が手元の列を薙《な》ぎ倒した。

バラバラと音を立てて複数のスプレーが床に落ちる。

脳がゴム鞠《まり》のように跳ねた、そんな焦燥感。

「止めて！　止めてください！」

そう叫んだのは餓田ではなく、下流で包装を担当している中年女性だった。

その甲高《かんだか》い声が何となく癇《かん》に障り、餓田は細かく目をしばたたかせた。

ベルトコンベアが止まり、そして北野がやってきた。

その視線が室内を一巡りした後、餓田の上で止まった。

「また君か。今度は何？」

嫌な言い方だ。餓田がコンベアを止めたのはまだ三回目ではないか。

そもそもコンベアの速度が速すぎると思う。一つスプレーを手に取ってから次のスプレーが来るまで一秒もないのだ。その間に素早く開閉を行わなければならない高等作業なのだ。

頼むから、こんなこともできないのかという目で見ないでくれ。

「あ、開けるの——いや閉めるの？　間に合わなくって、それで取ろうと思ったら落としちゃって」

餓田は自分でも惨めになるほど、たどたどしい口調で説明する。

北野は冷ややかな目のまま言った。

「拾って。そしてすぐに再開して。こうしている間にもどんどん生産落ちてる」

「すみません」

餓田は慌ててスプレーを拾い集め始めた。

どんどん生産落ちてるなどと言う割に、北野は手伝う素振りも見せない。

彼の足元のスプレーを拾い上げる時も、妙にテラテラ光る革靴を微動だにさせなかった。

いきなり手を踏み潰されるのではないか。

そんな妄想が頭をよぎって及び腰になりながらも、餓田はすべてのスプレーを掻き集めた。

それをコンベアの上に戻す時、利き手である左の手の平がぬるっとした気がした。

見ると、ゴム手袋もろとも手の平の皮膚が破け、そこから透明な汁が滲《にじ》み出してきていた。

当たり前だ。

機械が閉めたのと同じ力でキャップを開ける。その作業を何百回、いや何千回と繰り返したのだから。

こんなのは、やはり人間のやる仕事ではないのだ。

「あの、これ」

餓田は手の平を北野に見せた。

そしてもはやこんな仕事は続けられないと目で訴えた。

しかし返ってきた言葉は餓田を愕然《がくぜん》とさせるものだった。

「あー、汚いね。商品に付いたら困る。まだ手袋余ってるよね」

「はーい、ありまーす！」

コンベアを止めた中年女性が無性に腹の立つ甲高い声とともに新品のゴム手袋を持ってきた。五双も。

「うん、これだけあれば安心だね。それじゃ再開させるからよろしく」

まだ——まだこんな非人道的な仕事をさせようというのか。ロクな手当てもさせず。

見なかったのか、肉体が流した涙を。これが一人の人間の限界なんだ。

激情が脳天から足元まで突き抜けた。

「キィヤアアアアアーッ」

餓田は奇声を上げながら北野に躍りかかった。

制帽《キャップ》の後ろから中途半端に伸びた襟足を摑《つか》み、こちらを振り向かせる。

怒りのパワーで筋がブチブチブチッと切れる音がして、北野の首が百八十度回転した。

さらに逆方向にも百八十度回してやる。

神様が間違って頭を固くしすぎたようだから、一度緩めてやらないとね。

♪首を百八十度回転させる運動〜。

イチ、ニッ、サン、シッ！

ぎゅ、ぎゅ、ぎゅ、ぎゅ。

ゴッ、ロク、シチ、ハチ！

ぎゅ、ぎゅ、ぎゅ、ぎゅ。

♪今度は逆向きに〜。

ニッ、ニッ、サン、シッ！

ぎゅ、ぎゅ、ぎゅ、ぎゅ。

ゴッ、ロク……。

もちろんすべては妄想だ。

なぜなら餓田は激情と冷静を切り替えられる人間なのだから。

彼は大人しく手袋を新調した。

ちょうど彼が今朝通勤途中に断罪した女と同じ、ヘラッとした笑いを浮かべながら。

やがてコンベアが動き出した。

キャップを開けては閉め、開けては閉め……。

その手が空を切った。

見ると、後続のスプレーが流れてきていない。

また何かヘマをしてしまったのだろうか。

不安になったところに、下流の中年女性が馴《な》れ馴れしく話しかけてきた。

「終わったみたいね。お疲れ様」

「終わった……?」

一瞬、脳がその言葉の意味を認識しなかった。

コンベアが止まって初めて理解できた。

そうか、すべてのスプレーのキャップを緩め終えたのか。

あくまでも今日の分は、という意味だが。

結局あれから三枚のゴム手袋を犠牲にし、手の平の皮は目も当てられない惨状となっていた。

餓田は傷口に息を吹きかけてから、右手首の腕時計を一瞥《いちべつ》した。

十七時を数分過ぎている——と餓田は思った。

派遣社員の終業時刻である十七時になると、北野が入ってきて作業終了を告げることになっている。

だが今日はまだ北野が来ていない。

いくら作業に没頭していたとはいえ「終了でーす」という待望の言葉を聞き逃したとは考えづらい。

餓田は苛立《いらだ》ち始めた。

いつまでもこんなところに長居しているわけにはいかない。自分にはやらなければならないことがあるのだ。終わったら早く帰してくれ。

痺《しび》れを切らした餓田は、自分から北野を呼びに行くことにした。

部屋を出て、各室からコンベアが集結する大部屋を歩きながら北野を捜した。

いた。

北野章と他三人の正社員が、フロアの入り口となる消毒室のドアを塞ぐように立ち話をしていた。

ゲラゲラと笑い声が聞こえてくる。どうやら仕事の話ではなく私語のようだ。

餓田の苛立ちが最高潮に達した——先に派遣を解放しろよ！

わざと足音高くそちらに歩いていくと、四人は笑うのをやめ、不審者を見るような目を向けてきた。

餓田は一応下手《したて》に出てやることにした。

「すみません。終わったんすけど、もう帰っていいっすか」

「は？」

と北野が腹立たしい一音を発する。

「ダメに決まってるでしょ。時間まではいてくれないと」

「え？」

餓田が慌てて自分の腕時計を見直すと、今ちょうど十七時になったところだった。

すると先程十七時過ぎと思ったのは見間違いで、実際は十七時数分前だったのか。

失敗を自覚して耳たぶが熱くなる。

同時に、北野の腕時計がピピピと鳴った。

彼はそれを見ると舌打ちし、嫌みたらしく餓田に言った。

「派遣は早く帰れていいよなあ。ほら、時間だぞ。早く子供部屋に帰りたかったんだろ？　ママのご飯が待ってるぞ」

ついに隠されなくなった敵意に対して餓田が取ったのは、反射的に目を逸《そ》らすという行動だった――そしてすぐにそれを恥じた。

正社員の紅一点がクスクスと笑う。

ただ時計を見間違えただけなのに、どうしてここまで言われなければならないんだ……。

餓田の中でどす黒い感情がぐるぐると渦巻いていく。

図星を突かれたから？

いや、まったくの的外れだったからだ。

どうして北野は自分の家庭環境を知りもしないくせに、「子供部屋」だの「ママのご飯」だのと決め付けたのだろう。

もしかして北野自身がそういう家庭環境なのではないか。

そうだ、そうに違いない。人は自分が言われてきた悪口をまた別の人に向けるという。

それはお前のことだろ――餓田はそう言い返そうとしたが、北野はすでにベルトコンベアの方に歩いていってしまっていた。他の正社員もそれぞれの担当部署に移動している。

モタモタしたのがいけなかったのだ。

やはり決断力――素早い決断こそが人生を左右する。

すでに幾度となく嚙《か》み締めてきた言葉を、餓田は今再び胸に刻み込んだ。

＊

餓田の記憶の中の家庭風景には、母親の姿しかない。

父親は餓田が物心付く前に病死したと母親から聞かされたが、本当かどうかは分からない。

母親は働きながら、空いた時間で餓田にスパルタ教育を施した。

餓田は元々左利きなのだが、マークシート式の試験などで不利という理由で、鉛筆を持つ手だけ右に矯正させられるという出来事もあった。

結果的に彼は筆記時は右利き、それ以外の場合は左利きという「クロスドミナンス」に育った。

いい大学を出て、いい会社に入って、お母さんに楽をさせてね——それが口癖だった。

餓田は何とかその思いに応えようとした。

だが彼には勉学の才能がなかった。

「いい大学」に三年連続で落ち、ギリギリ合格した滑り止めの大学は、とても母親を満足させられるレベルの学校ではなかった。

その頃から母親は癇癪《かんしゃく》を起こすようになり、二人が暮らす安アパートには日夜親子喧嘩《げんか》の声が鳴り響いていた。

そんなある日、母親が言った。

「あんた誰？」

最初は自分の希望を叶《かな》えられなかった息子に対する嫌味だと思った。

しかしどうにも様子がおかしい。

慌てて病院に連れていくと、若年性アルツハイマーだと診断された。

医者が原因として考えられるものを列挙したが、その中にストレスが含まれていた。

母親との口汚い口論が脳裏に蘇《よみがえ》る。

自分のせいだ。

自分が「いい大学」に入れなかったから、それを詰《なじ》られて反発してしまったから、母親は若年性アルツハイマーになってしまった。

いや、本当に自分のせいか？

元々自分には「いい大学」に入れる頭脳などなかった。他にやりたいことがあったのに、無理矢理詰め込み教育を施されたのだ。それでダメだったからと勝手に罵倒され、失望され、挙句の果てにこうなった。これで自分が悪いと言えるのか？

どちらが正しいかは分からない。

いや、そんなことどうでもいい。

餓田はただただ悲しかった。

まだ大学生の身には重すぎる無力感が彼を押し潰していった。

結局母親は仕事を辞め、介護施設に入居することになった。

到底学費を払えないため、餓田も大学を中退して就職することにした。

ところが高卒や大卒など「キリのいい」者には受け入れ先が用意されているが、大学中退——つまりレールから外れた者に対しては極端に門戸が狭くなるのが日本社会である。

ハローワークに通い詰め、数多《あまた》の会社を回ったが、どこも正社員としては採用してくれなかった。何とか今の派遣会社に登録することができ、しおかぜ市の工場が最初の派遣先となった。今は母親と暮らしていた安アパートに独居し、電車で三駅先のしおかぜ東駅まで通勤する毎日だ。

したがって、北野の揶揄《やゆ》の後半は完全に的外れである。

しかし「派遣は早く帰れていいよなあ」という前半部分に関しては、早く帰りたいという気持ちが見透かされたようで不愉快だった。

普段なら自宅に直行するところだが、そうすると北野の言葉の正しさを証明するようで癪《しゃく》なので、今日は珍しくしおかぜ東の駅前を見ていくことにした。

といってもアフターファイブの過ごし方を知らない餓田には、デパートくらいしか入るところがない。

フロアガイドを見ると、真っ先に目に入ってきたのが家電売り場だった。若者でも関心のありそうな場所だが、餓田にとってはそうではない――どころか、むしろ忌避すべき場所だった。

「電磁波は脳に有害で頭が悪くなる」という思想を母親から叩き込まれていたからだ。

母親が本気でそう信じていたのか、それともゲームや携帯電話から息子を遠ざける方便だったのかは、今となってはもう分からない。

デパートというものは大部分を服屋が占めているが、ファッションに興味はないし、そもそもそんな金銭的余裕もない。

同様にレストラン街で外食して帰るつもりもないし、食料品の買い出しも間に合っている。

となると必然的に行ける場所は一つに限られてくる。

それは本屋だ。

昔、本屋は大好きだった。

母親が買い物をしている間、児童書を——もう少し大きくなってからは推理小説を——夢中になって立ち読みしたものだ。

続きを読みたくても、それらを買ってもらえることはなかったが。

代わりにドリルや参考書ばかりがレジに運ばれ、餓田家の本棚に並んだ。

今は本屋はそこまで好きではない。

だが、まあ、気まぐれで久しぶりに行ってみるのもいいだろう。

エスカレーターで該当階に上がり、本屋を捜す。

デパートの本屋というものはフロアの中でも独特の存在感を発揮しているので、どちらにあるのかは大体すぐ分かる。白々しい蛍光灯で照らされている、だだっ広い場所がそれだ。

敢えて小説の棚には直行しない。

忌々《いまいま》しい参考書を睨《にら》み付けたり、興味もないファッション誌を手に取ったり、扇情的な漫画の表紙に欲情したり。

一通り無意味な周回をしてから、満を持して小説の棚に向かう。

やはり日本のエンターテインメント小説ではミステリーが圧倒的人気であり、平積みされているのもほとんどがミステリーだ。それらの帯には「〇〇賞受賞!」や「××ランキング一位!」といった宣伝文句が乱舞している。

子供の頃の餓田にとって、ミステリーの区画は背伸びした気分で大人の娯楽を覗かせてくれる夢のような空間だった。

だが今はそうではない。

今、ここは悪意に満ちた敵地だった。

自分の周囲を囲んでいるすべての小説が成功者に見えた。自分を嘲笑《あざわら》う声が聞こえた。

こうなってはもはや純粋な気持ちで楽しむことはできない。

「奇抜なタイトルだけで釣ろうって魂胆が見え透いてて反吐《へど》が出るぜ」

「まーた最後の一行で世界が反転するのか。叙述書いたらデビューできるっていう情報商材でも売ってんのか？」

「今週の売り上げ一位？　イラストレーターの力だろ」

「はいはい、意外な犯人。あらすじ見ただけであのパターンって分かるわ」最後のページだけ覗き見して「あ、こっちのパターンね。どっちでもありがちなことには変わりないんだよなあ」

思い付く限りのケチを付けていく。

実際に声に出てしまっているので、この通路に入ろうとしていた女性客がギョッとして回れ右をしたが、餓田は気付かず論評を続ける。

夢中になって立ち読みをしていた子供時代から、ある意味変わっていない。

小説に対する愛憎だけが反転している。

どれもこれも下らない本ばかり。

こいつらを滅茶苦茶に積み重ねて、その上に檸檬《れもん》を置いてやりたくなった。

——もうやめよう。

やはり本屋には来るべきではなかった。こうなることは分かっていた。避けては通れない場所だと思ったが――何も仕事帰りにわざわざストレスを感じに行くことはなかったのだ。

普段と違うことをするとロクなことにならないという教訓だろう。さっさと帰宅して、自分の為《な》すべきことをしよう。

餓田はミステリーの区画を後にしようとした。

その時、一人の中年男性とすれ違った。

餓田は反射的に振り返った。

中年男性はしばらく本棚を物色していたが、やがて目当ての本を見つけたらしく、その一冊を持ってレジに向かった。

それは餓田が腐《くさ》した「意外な犯人」の本だった――しかしそんなことはどうでもよろしい。

問題は男の側頭部に既視感のある円形脱毛症があったことだ。

そして灰色のスーツ。

それなりの恰幅――。

今朝、あの女にわざとぶつかった男か？

餓田の鼓動が速まり、耳の奥がツンとなった。

どうしてあの男がこんなところに？

いや、何の不思議もないか。

男と女が正面衝突した。そして女は駅の改札を出ていった。ならば男は？　駅の改札から入ってホームに向かっている最中だったに他ならない。

それが朝の出来事だ。だとしたら夕方になれば男がしおかぜ東駅に戻ってくるのは道理だろう。

男はこの近所に住んでおり、最寄り駅のしおかぜ東から通勤しているというわけだ。

やはり同一人物なのだ――餓田はそう確信した。

男は会計を済ませると、本屋を後にした。

餓田はこっそりその後をつけていった。

何だ?

どうして自分はあの男を尾行しているんだ?

自分でも分からないまま起こした行動の理由を分析しようとする。

何というか、つまり、餓田は公平な人間なのだ。

彼はぶつかられた方の女をボコボコにした。媚《こ》びた笑いをして彼を苛立たせたせいだ。

だがそもそも男がぶつからなければ、女が媚びた笑いをすることもなかったのだ。過失割合は男の方が大きい。

ならば男にはもっと重い罰を与えなければ釣り合いが取れないだろう。

きっとそういう発想なのだ。

感情に整理が付くと、足取りにも自信が出てくる。

エスカレーターで一階に下り、デパートの外へ。

夕日に照らされた駅前の表通りは仕事終わりのサラリーマンでごった返している。

人混みで見失わないよう適度な距離を保って男の後に付いていく。

男は駅とは反対方向に歩いていく。予想通り、しおかぜ東の住人なのだろう。

正面から四人のスーツ姿の青年が横一列に広がって歩いてくる。

男は申し訳なさそうに肩を縮めて、彼らの脇をすり抜けた。

――どうした、わざとぶつかって撥《は》ね飛ばさないのか？

餓田は内心でせせら笑う。

弱そうな女相手にしかそういうことはできないということか。卑怯《ひきょう》な男だ。

先述の通り、しおかぜ市は薄っぺらい街だ。

都会と呼べる区画は狭い。

少し歩いただけで、人通りの少ない住宅街に景色が切り替わる。

ここからは尾行に気付かれないよう慎重にならなければならない。

そう思った時、折良く日が沈み、餓田の姿は薄闇に紛れていった。

途端に、彼は祭りに向かう夜道を歩くような高揚感を覚え始めた。

やはり自分は光よりも闇に属する人間なのだ。

さて、辺りが暗くなったことで自分の存在に気付かれにくくなったが、同時に対象を見失わないよう気を付ける必要もある。

餓田は人混みの中を歩いていた時よりは距離を開け、尾行を続けた。

男が角を曲がった時、側頭部が街灯の光を反射してキラリと光った。

例の円形脱毛症だ。

さぞ日頃からストレスを感じているのだろう。

会社での立場が悪いのか？

それでできた円形脱毛症をまた会社で馬鹿にされるという悪循環。

だからわざと女にぶつかって憂さ晴らしをしているのかもしれない。

餓田の勝手な想像だが、当たらずといえども遠からずといったところだろう。

そんなことを考えながら尾行していると、一軒家の前で男が足を止めた。

咄嗟《とっさ》に餓田も立ち止まり、電柱の陰から様子を窺う。

男はチャイムを鳴らして、鞄《かばん》から鍵を出して門を開けた。

同時に玄関のドアが開いて、外灯の明かりの下、女性が姿を現した。

「あなた、お帰りなさい」

「ただいま」

男は妻と思われる女性に迎えられて、家の中に入っていった。

ドアが閉まり、微《かす》かに鍵の掛かる音がした。

——鍵を持っているんだったら、チャイムを鳴らして妻に出てこさせるのではなく、自分で玄関の鍵も開けて中に入れよ。

そんなどうでもいいツッコミが脳裏に浮かんだのは、おそらく嫉妬のためだろう。

遠目に見ただけなので断言できなかったが、女は男より若く美しく見えた。

そしてこの家——。

餓田は電柱の陰から出ると、家の正面に移動して全体像を見た。

宵闇に浮かぶその影は二階建てながらかなり大きく、庭にもゆとりがある模様。

ハッキリとは見えないが、お洒落《しゃれ》な外装が施されており、比較的新築の様子。都心ではないとはいえ、しおかぜ東駅まで徒歩約十五分ということを考えると、充分立地も良いと言える。

繰り返しになるが嫉妬だ。

内心見下していた男がいい女と結婚し、立派な一軒家に住んでいる。そのことに嫉妬したのだ。

——女にわざとぶつかるような男だぞ。

もしそのことをあの妻に伝えたらどうなるだろう。

頭の中でシミュレートしてみる。

夫が留守にしている昼間、このチャイムを鳴らす。

妻がインターホン越しに応答する。

餓田は早口で説明する。

「おたくのご主人ですが、しおかぜ東駅で若い女性を狙ってわざとぶつかっていましたよ。女性は可哀想《かわいそう》に尻餅をついてしまったのですが、ご主人は一言も謝ることなくその場を立ち去ったのです。奥さんはどう思われますか」

返ってくる反応は一つだろう。

「すみません、どちら様ですか?」

結局、不審者の言うことなど誰も聞いてくれないのだ。

不審者——その言葉で我に返る。

そうだ、今の自分はまるきり不審者ではないか。

他人の家の前の暗がりに立ち尽くして何がしたい。

名探偵、死宮遊歩《しのみやゆうほ》――彼女が今の餓田の姿を見たら一体何と言うだろう。

自分の中にある唯一の光を思い出したことで、餓田は我に返りその場を立ち去りかけた。

しかし数歩歩いたところで、その足が止まった。

壊れかけの街灯がジジジ……と音を立てる。

死宮遊歩がどうした。

所詮、彼女はここにはいない人間だ。

光は再び闇に飲み込まれた。

餓田はUターンして戻り、門灯に照らし出された表札を覗き込んだ。

大理石の表札には「押見　ＯＳＨＩＭＩ」と刻まれていた。

餓田はその苗字《みようじ》を深く胸に刻み込んだ。

ついでに電柱に表示されている住所も暗記する。

念のためだ。

何かの役に立つかもしれないから。

それから後は？

毒を食らわば皿まで。せっかくここまで来たのだから、やらなければならないことはすべてやっておこう。

例えば他に押見《おしみ》邸に帰宅してくる家族はいないか。いたとすればそれは何時くらいのことか。これは知っておく必要があるだろう。

近隣住民についても同様だ。

しかしいつまでも家の前で突っ立っているわけにはいかない。どこか隠れる場所はないか。

押見邸の向かいにうってつけの植え込みがあった。餓田はその陰に身を潜めて、誰かが帰ってくるのを待った。

彼はまるでいたずらをしている子供のようにニヤつきが止まらなかった。

自分が異常なことをしているのは分かっていた。

だがそんな異常なことを普通にやってのけてしまう自分はやはり特別な存在なのだ——そういう奇妙な優越感が彼を支配していた。

子供部屋やママの料理などといったことしか思い付かない北野章の貧相な想像力では、餓田が今住宅街の植え込みに潜んでいることなど思い付きもしないだろう。

餓田が今ここにいることを知っているのは餓田自身だけなのだ。

実に痛快な夜ではないか！

……だがこれはすぐに飽きてしまった。

よく考えたら、餓田のように常に定時で帰れる方が珍しいのであって、多くの社会人の帰宅時間はその日によって違うだろう。それを調べてどうなる？

そんな小さなメリットを追うより、植え込みに隠れているところを目撃されるデメリットの方が大きそうだ。

餓田は溜《た》め息《いき》をつくと、植え込みの陰から出て、そそくさとその場を立ち去った。

次は明るい昼に再訪してみようかなどと考えながら。

「違うだろ」

餓田は立ち止まった。

「違う」

と再び呟く。

素早い決断こそが人生を左右すると先程も気付かされたばかりではないか。

今すぐだ。今すぐ実行しなければならない。

頭で思い描いたことを瞬時に行動に移せる衝動が自分には備わっているはずだ。

問題はいつだってシンプルである。

要するに金。

女にわざとぶつかるような愚劣な男が金を持っているのはおかしい。

それなら餓田のような選ばれし人間が持つべきだ。

金さえあれば、下らない工場の仕事に時間を取られることなく、好きなことだけに全力を注げる。

本来ならこうしてグズグズしている時間も、もったいないのだ。

時は金なり。

今すぐ――は準備ができていないにせよ、今夜中には実行する。

何を?

決まっている。

ある女がぶつかりおじさんに襲われました。

その男は押し込み強盗の餓田に襲われました。

これは暴力の連鎖の物語なのだ。

＊

どうして人を殺したらいけないんですか？

餓田はこの質問が嫌いだった。

正確には「そう尋ねてきた子供にどう回答すべきか」などといったよくある議論にうんざりしていた。

なぜいけないか？

答えは一つ。

法律で禁止されているからだ。

殺人を容認すると、どうなるか。ある日突然、自分の近しい人が殺されるかもしれない。そうしたら嫌な気持ちになるし、生活にも支障を来す。

同族殺しは共同体を混乱させる。ゆえに禁じられている。

人を殺しては「いけない」というのはその程度の話でしかない。何も殺人の自由が奪われているわけではない。

もちろん人を殺せば、死刑や懲役といった刑罰が科せられる。

しかし逆に考えると、命や時間というコストを払えば人を殺せるということだ。

もっと言えば、バレなければコストすら払う必要がない。

だから「どうして人を殺したらいけないんですか？」などとノンビリしたことを言っている暇があるなら、さっさと殺意とコストを天秤《てんびん》にかけて実行するかを決めればいいのだ。自分ならそうする。

こういう抜本的《ラディカル》な思考ができる自分を、餓田は誇りに思っていた。それだけでなく、大きなことを成し遂げる人間特有の決断力も兼ね備えているはずだ。

彼には夢があった。

金があれば下らない工場での派遣業に時間を奪われることなく、夢に邁進《まいしん》することができる。

善良な一般市民から金を奪うのはさすがに気が引けるが、相手は駅でわざと女にぶつかって憂さ晴らしをするようなクズだ。

そんな男より自分のような優秀な人間が金を持つべきだろう。

だから今夜、目の前の押見邸に押し入る。

しかし今すぐそうするわけにはいかない。まず武器が必要だ。蛮勇ではなく思慮も持ち合わせているのが知性的人間というものだ。

来た道を戻りながら、何が必要かを頭の中で整理する。

まずメインウェポンとして振りかざす包丁。

サブウェポンとしてポケットに忍ばせるナイフ。バタフライナイフのような戦闘用ナイフが入手できなければ、大型のカッターナイフで妥協してもよい。

スタンガンは少し触れただけで相手の自由を奪える非常に強力な武器だが、駅前の健全な電器屋で売っているかどうかは甚《はなは》だ疑問だ。

刃物やスタンガンは強力だがリーチに難がある。長物も欲しい。金属バットはどうだろうか。ロープや猿轡《さるぐつわ》、結束バンドなどの拘束具は必要だろうか。だが不器用な餓田には相手を上手《うま》く拘束できる自信がなかった。手錠なら使いやすいが、やはり駅前では手に入らないだろうし……。しかしあるに越したことはないだろうから、登山用のロープでも買っておくか。

窓を割って侵入するかもしれないのでマイナスドライバーも要る。ハンマーではなくマイナスドライバーが良い。

暗がりでの作業に備えて懐中電灯。あるいは、もっと小さいペンライトの方が取り回しがいいかもしれない。

それから忘れてはならないのが、指紋を残さないためのゴム手袋。

返り血を防ぐためのレインコート。

血を踏み付けても大丈夫なように替えのスニーカー。

一応、顔を見られないためのマスク。

もちろん、それらの品々を裸で持ったまま押見邸に戻るのは怪しすぎる。荷物をまとめるリュックサックなども必要になってくる。

バットは——リュックにはさすがに入らないだろうから諦めるしかないか。伸縮自在の特殊警棒のようなものがあれば便利だが、これも駅前で手に入るかという問題がある。

そういえば、自分は今から強盗に入ろうとしているのではないか。ならば現金や通帳、カード類を持ち去ることになる。やはりリュックは必要不可欠だ。

とりあえず思い付いたのはそれくらいか。

店員の印象に残らないようホームセンターと複数のコンビニをはしごして、必要な物品を調達した。

戦闘用ナイフ・スタンガン・手錠・特殊警棒といった物騒な代物は懸念した通り見つからなかった。

しかし包丁とカッターだけでは不安だ。やはり長物が欲しい。

そこで子供用の短めの金属バットを買ってリュックに突っ込んでみた。ファスナーを閉めても先端が突き出るが、これくらいならギリギリ許容範囲だろう。職務質問に飢えた警官に遭遇しないことを祈る。

それからもう一つ「秘密の道具」を買っておく。少しくらいは楽しみもないとやってられない。

さて、必要な道具は揃《そろ》った。押見邸に戻ろう。

意気揚々と夜道を歩き始めて、はたと気付いた。

まだ早い。

待つべきだ、押見家と近隣住民が寝静まるまで。

そうとなれば駅前で時間を潰す必要がある。夕食も取っておこう。

ファミレスでダラダラ時間を潰せばいいか……。

いや、バットが突き出たリュックのせいで店員に覚えられる可能性がある。

しまった、買い物は後にすべきだったか。

だが先にファミレスに入っていたとしても、ホームセンターが二十一時に閉まるせいで長居はできなかったたし……。

大したことではないと頭では分かっていても、順序の齟齬《そご》にイライラした。路地裏のゴミ箱を蹴って憂さを晴らす。

結局、コンビニで買ったおにぎりで腹を満たし、繁華街をぶらついて時間を潰した。

しかし先述の通り、しおかぜ市はハリボテの街。二十四時にもなればもう閑散としてしまう。これ以上ここをうろついていても逆に目立つばかりだ。

二十四時だとまだ少し早い気もするが、あるいはもう寝入っているかもしれない。一旦見に行ってみよう。

餓田は押見邸に向かった。

住宅街の夜道を歩いているうちに、終電のことを思い出した。犯行後は多分、終電の時刻を過ぎている。どうやって三駅離れた自宅まで帰ればいいのだろう。徒歩か。歩けない距離ではないが、途中で職務質問に引っかかるリスクなどを考えると……。

餓田は溜め息をつく。初めてのことをすると、何かと段取りが上手く行かないものだ。

そんなことを考えながら歩いていると、押見邸が見えてきた。

一階も二階もまだ電気が点《つ》いている。

周囲を見回すと、半数以上の住宅の灯《あか》りが点《とも》っていた。

もう少し待つ必要がありそうだ。

先程隠れた押見邸の向かいの植え込みに身を潜め、住民たちが寝静まるのを待つ。

灯りが一つ消え、また一つ消え……。

そしてとうとう押見邸の電気が消えた。

餓田は生唾を飲み込んだ。

焦るな。

敵はまだ就寝したばかり。完全に寝入るまでにはもう少し時間がかかるはずだ。

餓田はペンライトで腕時計を照らし出した。

長針が半回転したら突入しよう。

無論、三十分ではまだ眠っていないかもしれない。だがそんなこと外からでは確認しようがないではないか。もう待つのはウンザリなのだ。出たとこ勝負で行こう。

*

そして三十分が経過し、午前一時半。

餓田は勢い良く立ち上がった。

長時間しゃがんでいたので足が痺れていた。地団駄を踏んで痺れを取りつつ、遅ればせながら周囲の様子を確認する。

防犯目的か各世帯の門灯が点いており、月も出ているので、完全な暗闇ではなかった。辺りに人影は見受けられない。

餓田は押見邸の門灯の白々しい光に誘《いざな》われるように歩いていった。

ゴム手袋を嵌《は》めて、門のノブを握ってみる。当然施錠されていた。しかしその気になればよじ登ることができそうだ。

もちろん餓田はその気だった。

もう一度左右を見て誰もいないことを確認してから、門をよじ登る。

そして無事に敷地内に降り立った。

外部からの目撃を避けるべく、素早く塀の裏に身を隠す。

敷地内に入って改めて思ったのが、庭が広い。

やはり金持ちの家だ。

餓田は第一に嫉妬し、第二に期待した。

ペンライトの光を左右に振ると、縁側の上に、天井から床までの高さがある引き違いの窓があった。あそこから家の中に入れそうだ。

カーテンが閉め切られており、室内の様子を窺うことはできない。だが庭と出入りできる部屋と言えば、寝室よりもリビングの類《たぐい》だろう。室内に人がいる可能性は低い。

窓もやはり内側から施錠されていた。

餓田はリュックを下ろし、マイナスドライバーを取り出した。

バットやハンマーでガラスを打ち破れば大きな音がして気付かれてしまう。だがマイナスドライバーなら最小限の音で窓を破ることができるのだ。

クレセント錠の少し下の窓枠とガラスの間にマイナスドライバーを勢い良く突っ込む。それを数度繰り返すと、ガラスに斜めの傷が走る。

今度はクレセント錠の少し上の窓枠に、同じことを行う。するともう一つ斜めの傷ができる。

二つの傷に囲まれた部分のガラスを押してやると向こう側に落ちて、三角形の穴が開く。そこから手を突っ込んでクレセント錠を外す。終わり。

所要時間は約三十秒。

たったこれだけの作業で、大抵の窓を破れてしまう。

「こじ破り」や「三角割り」と呼ばれる空き巣の常套《じょうとう》手段だ。餓田は推理小説でこの方法を知ったが、実践は初めてだった。ここまで簡単に割れるとは思っていなかったから少し驚いた。

窓とカーテンを少しだけ開けて中を覗くと、予想通りリビングのような部屋だった。家人の姿はない。

餓田はマイナスドライバーをしまうと、左手にバット、右手に包丁を持った。ポケットにはカッターを忍ばせておく。

ペンライトは口に咥《くわ》えてみたが非常に使いづらいので、包丁と一緒に握ってみたら存外使いやすかった。小型のものを選んで正解だった。

さらにレインコートとマスクを装着。

その状態でゆらりと家の中に侵入した。

靴を履いていても分かる絨毯《じゅうたん》の沈み込み。やはり金持ちの家は違う。

リビングと思《おぼ》しき部屋の壁には、一枚の写真が飾られていた。

しおかぜ湾と思しき海を背にした砂浜で、しゃがみ込む若い男女の間に一人の少女が写っている。

青年が「ぶつかりおじさん」押見だとすれば、随分昔の写真ということになる。

三人は満面の笑みでピースサイン。さぞかし仲がいい家族なのだろう。

——気付けば涙が頬を伝っていた。

餓田は驚いてそれを拭った。

自分も幸せな家庭に生まれていれば、今こんなところにいることなどなかったのに。

いや、ここまで来て感傷に浸っているわけにはいかない。

写真からは有益な情報も得られた。

それはおそらく押見家が三人家族だということだ。

撮影者が四人目の家族という可能性も考えられなくはないが、普通は家族全員で写れるよう、他人に撮影を頼んだりタイマー機能を使ったりするだろう。

似たような理由で、たまたま旅行に参加しなかった家族がいるとも考えにくい。欠員のある写真をリビングに飾るという、その欠員に疎外感を持たせるような行為をするだろうか。子供だけが写っている写真ならまだしも。

だから、確実ではないが、とりあえず三人家族だという心構えをしておく。

三人なら楽でいい。

リビングを横切り、窓の向かいにあるドアの前で耳をそばだてる。物音はしない。

一時的にライトを切ると、ドアノブを慎重に回して、少しずつドアを開いていった。

真っ暗な廊下に人気《ひとけ》はない。

ライトを再点灯し、廊下に一歩踏み出す。

その時だった。

突如、廊下の角を曲がって大柄な人影が現れたのだ。

餓田は反射的にライトを向けた。恰幅のいい中年男性が腕で顔を覆う。眩《まぶ》しそうに目を細めているその顔は他でもない、押見だ。

「千里《せんり》――じゃないな誰だお前はっ！」

大声を浴びせられて餓田は一瞬立ち竦《すく》む。

だが硬直しているのは押見も同じのようだ。

先に動くことができたのは餓田の方だった。

咄嗟に体が動いたのは、押見に会ったら最初にやることを決めていたからだ。

「ぶつかりおじさん、ドーン！」

餓田は震え声で言いながら、思い切り肩からぶつかっていった。

体格では餓田が劣るが不意打ちが功を奏したのか、押見は壁に背中をぶつけて尻餅をついた。

「金属バット、ドーン！」

特に狙いを定めず心のままにバットを振り下ろす。押見の肩に命中した。

「ギャッ」

いかにも漫画的な悲鳴が現実で聞けたことがおかしくて、餓田は何だか楽しくなってきた。

半笑いで邪魔なペンライトを捨てると、右手の包丁を押見の胸に突き立てる。

抜いて、また突き立てる。

抜いて、また突き立てる。

抜いて、また突き立てる。

抜いて、また突き立てる。

「はっ、は！」

息苦しくなってマスク越しに大きく空気を吸い込む。どうやら息をするのも忘れていたようだ。冷静さが戻ってくる。

ペンライトを拾い上げて押見を照らすと、彼のパジャマの胸は真っ赤に染まり、辺りにも血が飛び散っていた。

餓田は手元の包丁を見て驚いた。柄しか残っていなかったからだ。よく見ると、血に染まった押見の胸から刃が突き出ている。どうやら乱暴に扱いすぎて折れてしまったようだ。

残った柄を右側頭部の円形脱毛症めがけて投げ付けてみたが、ピクリとも動かない。間違いなく死んでいた。

餓田はぶつかりおじさんの被害に遭った女性の姿を思い浮かべた。

――あんたの仇《かたき》は取ったぜ。

しばし感慨に耽《ふけ》っていると、押見が現れた曲がり角の方から呑気《のんき》な女性の声が聞こえてきた。

「クモー？　ゴキブリー？」

彼女が死体に気付くより先に、餓田は飛びかかった。

「人だよ」

さっとライトで目潰しをした後は、手当たり次第にバットを振り下ろす。

女は蹲《うずくま》って訳も分からず悲鳴を上げていたが、やがて声が小さくなっていき、ついには掻き消えた。

「おっと、まだ死んでもらっちゃ困るぜ。通帳の場所とか聞かないといけないからな」

ライトで照らすと、女は微動だにしていなかった。眼球が片方飛び出し、後頭部から流れ出した血はどんどん床に広がっている。おそらく夕方に押見を出迎えていた妻と思しき女性だが、その時の美しい面影は微塵《みじん》も残っていない。

おかしい、バットで殴っただけなのに？

そう思ってバットを見ると、ベコベコに凹《へこ》んでいた。

少々やり過ぎたようだ。何分初めてのことなので加減が分からない。

本当に死んだのだろうか。

脈を取ろうかと思ったが、餓田は脈を取るのが下手《へた》くそだった。自分の脈ですらどこにあるかよく分からないのに、他人の脈が取れるわけがない。ましてやゴム手袋越しになど不可能に決まっている。

そこで左胸を触って鼓動を確かめようと考えた。

余談だが、人間の心臓は左に偏っているわけではなく中央にあるというのは、今では大分有名な話だ。その一方で、鼓動を確かめたければ左胸を触るべきだというのもまた事実である。心臓の構造上、左心室の方が右心室より筋肉が発達しやすく、その分鼓動も強くなるからだ。

餓田は手を伸ばして女の胸に触れた。鼓動は感じ取れなかった。

ついでに——むしろこちらが本命かもしれない——乳房を揉《も》んでみた。

女の乳房を揉むのは初めてだったが、ブネブネした感触があるだけで何の感動もなかった。生きているうちからこんなものだったのか、それとも死んだことで張りが失われたのかは分からない。

「ちっ、面倒くせー」

通帳などの在処《ありか》は残る一人の娘に尋ねるとしよう。写真の中ではまだ幼かったが、今ではそれなりの年齢になっているはずだから話も通じるはずだ――待てよ。

もしかしたら娘はすでに就職や結婚などで家を出ているのではないか。

可能性は大いにある。これだけ物音を立てても起きてこないのだから。

だとすれば金目のものを探すのが面倒になる。

もっとも空き巣と同条件――いや、もっと緩いか。

何せ家人が帰ってくる心配をせずに、ゆっくり探すことができるのだから。

何はともあれ、この家に娘が住んでいるのかどうかを確認することから始めよう。

まずは一階から探す。二階から探すと、一階に潜んでいた時に逃げられてしまう恐れがあるからだ。

階段から下りてこないか警戒しながら一階をくまなく探したが、誰も隠れていないようだった。

すると二階か。餓田は忍び足で階段を上る。

上った先は暗く、しんと静まり返っている。

階下の騒ぎにも気付かないほど深く寝入っているのか、それとも単純にもうこの家には住んでいないのか。どちらかと言えば後者の予感がする。

安堵《あんど》したような落胆したような、そんな気持ちで、とりあえず片っ端からドアを開けていく。

――いた。

そこは電気が点いた寝室で、肩までの長さの黒髪の女が、中央の低いテーブルの前で正座して何かの書類を書いている。

消灯確認したはずなのに、なぜ――?

そうか、この部屋は通りの反対側に位置するのだ。そちら側の確認を怠っていた。

戸口の気配に気付いたか、女がゆっくり振り返る。

餓田は衝撃を受けた。

彼女が若く美しかったからだ。

餓田は左胸に生命の鼓動を感じた。

人生初の恋だった。

＊

当然、相手は別の衝撃を受けている。

女の顔が瞬時のうちに恐怖で歪んだ。

餓田は女を泣かせてしまった童貞のようにまごついたが、すぐに自分が強盗に入っていることを思い出した。彼は現状不要なペンライトをポケットにしまうと、左手でバットを振りかざし震え声で言った。

「手を上げろ」

しかし彼女はただ全身を震わせているだけで、一向に手を上げる気配がない。

餓田はわざと足音荒く一歩踏み出すと、バットを振り下ろすふりをした。

「両手を上げろと言ったんだ」

言いながら、武器を持っているわけもない相手にホールドアップを求めるのも滑稽《こっけい》だなという自覚があった。

しかし人間の言動はすべて過去の踏襲である。押し込み強盗の経験がない餓田は、どのような振る舞いをすべきかという指針をフィクションに求めていくしかない。

結果、アクション映画の三下《さんした》のようなしゃべりになってしまうのである。

あるいは女はそういった内面を見透かして舐《な》めているのだろうか。一向に手を上げない。

代わりに何をしているのかというと、自分の耳を指差した後、耳の横で手の平を上下にひらひらさせている。からかうようなジェスチャーに腹が立った。この女も自分のことを馬鹿にするのか。

「おい、聞こえてんのか――」

そう言ってから、餓田は一つの疑念を抱いた。

この女、本当に聞こえていないのではないか？

女が焦ったようにテーブルに手を伸ばす。

武器か？

全身がざわついたが、違った。

女が摑んだのはボールペンとメモ用紙だった。そしてこう書いた紙を餓田に見せたのだ。

『私は耳が聞こえません』

そうか、それで階下の騒ぎに気付かなかったのも納得だ。

先程のジェスチャーは手話か何かで「自分は耳が聞こえない」とでも言ったのだろう。

そうと分かれば為すべきことは一つだ。

餓田はずいと歩み寄る。女は怯《おび》えたように上体を引くが、餓田は構わずテーブルの上を覗き込んだ。

素朴な可愛《かわい》さを感じさせるチェックのテーブルクロスが敷いてあり、その上にメモ用紙の束と筆記用具、それから何か役所関連の書類が数枚置かれていた。書類はどれも同じ様式らしく、左上に四角囲みの「正」の文字が一つ印字されている。

「正」「正」「正」……。

複数の「正」に出迎えられて、餓田は皮肉な気分になった。

今から「誤」った行為に及ぶというのに。

それともこれは「正」しい行為だと役所も認可してくれるのかい？

おっと、こうやってすぐ思考が形而上の世界に飛ぶのが悪い癖だ。

少なくとも今くらいは眼前の現実に集中しろ。

餓田は室内を観察した。

部屋には他に勉強机があったが、その上はパソコンや周辺機器で埋まっているので、こちらのテーブルで書き物をしているのだろう。

餓田は一番上の新品のメモ用紙をちぎると、卓上にあった別のボールペンでこう書いた。

『俺は強盗だ　死にたくなければ金のありかを教えろ』

俺は強盗だと文字で書くのも何か妙な気分だが、これ以上端的な説明もないだろう。

女は『私は耳が聞こえません』の紙に追記した。

『両親は無事なんですか』

思い切り殴り飛ばした後、『質問に質問で返すな』と書いてやろうかと思ったが自重した。暴力に訴えるよりもっといい方法がある。

餓田は自分の紙に追記した。

『一階で縛ってある　親を殺されたくなければ金をよこせ』

女はレインコートの返り血に怯えたような視線を向ける。本当に両親が無事なのか疑っているのだろう。だがこの場は餓田に従うしかない。

女は勉強机の引き出しを開け、通帳とキャッシュカードを餓田に渡した。

暗証番号は？　と餓田が尋ねる前に、四桁の数字を新しいメモ用紙に書いて寄越す。

こんな状況でもよく気が利いている。元々、頭の回転が速いのだろう。

餓田は通帳をパラパラと眺めた。

偶数月の十五日に十六万ちょっとの金額が振り込まれている。金額の隣には「年金」の文字。耳が聞こえないことによる障害年金を受給しているのだろう。

現在、口座に入っている金額は約四百万円。悪い額ではないが、一家殺害のリスクには見合わない。

餓田は戦利品をリュックに入れると、筆談を再開した。

『親の金もだ』

女が文字を書き始める。

『通帳の場所は分かりませんが金庫が
次の瞬間、何か重いものが背後から餓田の腰にぶつかってきた。

一瞬、息が止まった。

たまらず振り返った餓田は信じられないものを見た。

先程殺したはずの押見夫人が自分の腰に組み付いているのだ。

眼窩《がんか》から紐《ひも》のようなもので垂れ下がっている眼球をぶらぶらさせながら、人のものとは思えない叫びを上げる。

「に・げ・て」

「ゾンビかババアーーーーッ！」

餓田は恐怖心に任せてバットを振り抜いた。それが側頭部に当たり、押見夫人の体は戸口まで吹っ飛ばされた。今度こそ完全にちぎれたらしく、眼球が血の筋を描きながら床を転がり、ベッドの下に入っていった。

餓田は肩で息をしながら、倒れて動かない押見夫人を遠巻きに見つめる。

確かに心臓が止まっていたはずなのに、どうして生き返ったんだ？

しかしすぐに理由に気付いた。

「なるほど、そういうことか」

それなら今度こそトドメを刺してやる。

餓田はベコベコのバットを握り締めて、押見夫人の方に歩いていく。

その腕に女が飛び付いた。

その口から言葉にならない叫びが迸《ほとばし》る。

「親子揃ってまともにしゃべれねえのか！」

餓田は腕を振り払う。女はテーブルに叩き付けられて、ともに床に倒れ込んだ。

今のうちにさっさと夫人の方を殺してしまおう。

——いや、待てよ。

餓田は新しいメモ用紙に文を書くと、倒れている女に上から見せた。

『俺の言う通りにすれば母親を助けてやる』

女は跳ね起き、素直に頷《うなず》く。

さて、どうしてやろうか。

凡夫ならここで性的な奉仕でも要求するところだ。だが斬新な人間だと自負する餓田は違った。

餓田はまた別のメモ用紙にこう書いた。

『君の名は？』

通帳の最初のページを見れば済む話だが、相手の口から直接聞きたかったのだ。

女は虚を衝《つ》かれたように目を丸くした。こんな時にこいつは何を聞いているのだと言わんばかりに餓田を見つめる。

期待通りの反応だ。

餓田は相手を驚かせる——というよりギョッとさせるのが何より好きだった。こいつはこの程度だろうという相手の浅い推測を打ち砕き、上回ってやるのが快感なのだ。

餓田はペンでメモ用紙をトントンと叩き、回答を催促する。

女は慌ててテーブルの前に座り、新しいメモ用紙に自分のペンを走らせた。

『押見千里』

なるほど、先程押見氏が呼んでいたのは娘の名前だったか。なかなかいい名前だ。

女は少し悩んでから、こう書き加えた。

『あなたのお名前は？』

餓田は苦笑した。答えてやる義理などこれっぽっちもないが、初恋の相手だ、特別に教えてやろう。もちろん偽名だが。

死宮遊歩――よく知る女探偵の名前がふと浮かんだので、それをもじることにした。

『四宮遊人』

どうせメモ用紙は持ち去るのだから、この名前から自分が辿《たど》られることはない。

我ながらなかなか洒落た名前だと思うが、千里は特に感慨を示さない。名前を教え合ったことに何の意味があるのかと戸惑っている様子だ。

餓田は次の質問をした。

『年齢は？』

『23』

『趣味は？』

千里は困惑を深めていく。それはそうだろう、今にも死にかけの母親の側《そば》で強盗とお見合い紛《まが》いのやり取りをしているのだから。この調子外れ《オフビート》な感じが最高だ。餓田はゾクゾクしてきた。

どの道、母親を人質に取られている千里は答えるしか選択肢はない。気が進まない様子で『読書』の二文字だけ記した。

餓田は複雑な気持ちになった。かつては餓田も読書が趣味だった。今はそうではない。

彼はタロットを引くような心境で尋ねた。

『好きな作家は?』

千里はおずおずとペンを走らせる。その答えを見て、餓田は一気に気持ちが冷めた。彼が大嫌いな作家の名前が書かれていたからだ。

押見氏が本屋で買った「意外な犯人」モノの作者でもある。なるほど、あれは娘のために買っていたのか、それとも親子でハマっているのか。いずれにせよ——反吐が出る。

やめようやめよう、猿芝居は、もう。

強盗は強盗らしく振る舞うべきだ。

餓田は突如レインコートを開《はだ》けると、ズボンのファスナーを下ろし、丸まったペニスを出した。世にもおぞましいものでも見たかのように千里の顔が歪む。

餓田は新たなメモ用紙に殴り書きした。

『フェラチオしろ』

千里は嫌悪の表情のまま硬直している。フェラチオの意味が分からないからだと解釈した餓田は追記した。

『チンコをしゃぶるんだ』

餓田はペニスを露出したまま一歩踏み出す。千里は首を横にぶるぶる振りながら、尻餅をついたまま後退する。

「ババアが殺されてもいいのかあ!」

その怒号は紙には書かなかったが、押見夫人の方に向かうオーバーリアクションで理解したらしい。千里は餓田に必死に縋《すが》り付いて首を縦に振った。

「よし、いい子だ」

そう言いながらペニスを鼻先に押し付けてやる。

千里は嫌そうに顔を放した後、躊躇《ちゅうちょ》しつつそれに手を伸ばす。

餓田はその手を弾いた。そして新たなメモ用紙にペンを走らせると、恐怖と困惑が綯《な》い交ぜになった顔面に突き付けた。

『手は使うな　口だけでするんだ』

彼女は目をぎゅっと瞑《つむ》り、ペニスに顔を近付ける。

そして口に含んだ。

女が跪《ひざまず》き男のシンボルを咥える。ああ、何と素晴らしい行為だろう！　餓田は子供の頃に小説で読んで以来、ずっと憧れていた。

だが現実は――。

「？」

あまり気持ち良くない。

ペニスが生温かいだけだ。

むしろ気持ち悪いとさえ言える。

必然、ぴくりとも勃起しない。

なぜだ。念願の初体験なのに。

初めてだと緊張して勃起しないという定説に自分も嵌まってしまっているのだろうか。

それともまさか――罪悪感を覚えているとでも言うのか。

違う！

自分はそんな平凡な人間じゃない！

緩慢に前後動している頭部のつむじを見下ろす。

全部こいつが悪いんだ。

「お前が下手くそだから悪いんだ！」

餓田はいきなり千里の後頭部を摑むと、ペニスを喉奥まで押し込んだ。

苦悶《くもん》の声が上がるが、構わず激しく腰を振った。

餓田の下腹部が千里の鼻にパンパンと叩き付けられる。

だが——至らず。

射精どころか勃起にも至らず。

餓田は柔らかいままのペニスを引き抜いた。

涙を滲ませた千里と目が合う。

自分だけ苦しそうな顔をするな。辛《つら》いのはこっちだって同じなんだ。

餓田は千里を突き飛ばした。

「おら、股開け」

しかし本番はさすがに嫌なのか、両脚に力を込めて股を開かせない。

「今更抵抗すんじゃねえ！」

押見夫人を指差すと、両脚の力が弱まり股が開いた。下を全部脱がせる。

「濡らさねえと怪我するぞ」

ゴム手袋を嵌めた二本指を突っ込んでいじったが、一向に濡れてこない。ＤＮＡのことを考えると唾で濡らすわけにもいかないし……。

「ウザ。もうやるか」

怒りと焦りで震える指でリュックのファスナーを開け、コンドームを出した。「秘密の道具」というのはこれだ。美人妻に使うつもりが娘に使うことになったが、いずれにしても購入して正解だった。

だがコンドームは勃起しなければ装着できない。それが勃起しないのではどうしようもない。

仕方なく萎《しな》びたペニスに無理矢理被《かぶ》せ、千里の股間に擦《なす》り付けた。

時々先端が穴の中に入るが、すぐに出てしまう、その繰り返し。

干からびたミミズがほとんど乾き切った水溜まりの上でのたくり回るような、こんな行為は到底セックスとは呼べない。

「くそ、くそ、くそ」

餓田はついに断念した。

「どうして俺はこうなんだ！　これじゃ負け犬じゃないか！」

気まずい空気が流れた――もっとも気まずさを感じているのは餓田だけであって、千里が感じているのは恐怖だけだったが。

餓田はペニスをズボンに、コンドームとそれが入っていた袋をリュックにしまった。

そして千里が好きな作家名を書いたメモ用紙に加筆した。

『→どこが好きなの？』

千里はいよいよ信じられないものを見るような目をした。餓田の切り替えの速さに付いていけないのだろう。凡人は皆そうだ。

千里は押見夫人を一瞥した。ピクリとも動かない。先程の格闘が最期の生命の輝きで、もう死んでいるのかもしれない。

千里も薄々それに気付いているものの、一縷《いちる》の望みにかけて餓田に従うしかないのだろう。

彼女はのろのろとパンツを穿《は》くと、テーブルのペンを手に取った。

しかしそのペンは紙の上を彷徨《さまよ》うだけで、なかなか何も記さない。

餓田は舌打ちした。

好きな作家のどこが好きかも即答できないのか。その程度の好きでよく読書が趣味とか言えたものだな。所詮、大衆はこの程度か。

餓田は千里からメモ用紙を取り上げると、もういいと握り潰した。

それから、今の紙に書けば良かったなと後悔しながら、新たなメモ用紙をちぎった。

本来の目的を達成して、こんな家からはさっさとおさらばしよう。

『金庫はどこ？　鍵は？』

答えやすい質問をしてやったことで、スムーズな回答が得られた。

『向かいの部屋　ダイヤルを右に8回、左に1回、右に3回まわす』

餓田はそのメモ用紙を取って部屋を出ていこうとした。

しかし思い直し、まず別のメモ用紙に一文をしたためた。

それから千里の腕を引っ張って部屋から連れ出した。

向かいの部屋のドアを開け、真っ暗な室内に千里を押し込み、電気のスイッチを入れる。

そこは書斎のような部屋だった。

奥に中身を期待させる大きさの金庫が置かれている。

餓田が開けろと金庫を指差すと、千里は意図を汲《く》んでダイヤルを回し始めた。左右に何回か回すと、金庫の扉が開いた。

「おおっ」

思わず声が漏れた。

中身は通帳や印鑑を予想していたが、違った。

金庫の中には札束の山が敷き詰められていた。

銀行嫌いのタンス預金も金持ちがやればここまでになるか。

現金の方が通帳よりずっと助かる。ＡＴＭには一日の引き出し上限があるし、店舗に出向くのはリスクが高い。警察の追跡や口座の凍結も容易である。

一方、現金なら番号を控えられていない限り大丈夫だ。そして個人が貯金の番号を控えるなどあり得ない。

餓田は意気揚々と札束をリュックに移していく。百万円の束が、多分五十個。五千万円だ。

餓田は満足した。もう押見夫妻の通帳は探さなくていいだろう。先述の通り、金の引き出しは難しいのだ。

最後に一つだけやっておきたいことがある。

餓田は先程書いた最後のメモを千里に見せた。

『一緒に逃げよう』

彼女は瞠目《どうもく》した。餓田の言っていることが理解できない——表情がありありと語っていた。

ダメ元で言ってみたがやはりダメだったか。

拒絶には慣れている。

しかし傷付くことには未《いま》だ慣れない。

さて、そろそろこの家を立ち去る時が来たようだ。

餓田はバットを振り抜いて千里を昏倒させると、リュックから出したロープで首を絞めた。最初のうちは手足をバタつかせてもがいていたが、そのうち動かなくなった。念のためその後も数分間絞め続ける。

ツンとした臭《にお》いが鼻をついた。千里の下半身を見ると、糞尿が餓田のレインコートと絨毯を汚していた。

首絞めで死ぬと漏らすというのは本当だったか、と餓田は謎の感動を覚えた。

今度は見落としがないよう慎重に千里の死を確認してから、寝室に戻った。

押見夫人は先程とまったく同じ姿勢で倒れていた。

多分もう死んでいる。

だが再び蘇られたら厄介なので、ちゃんとトドメは刺す。

そうだ、せっかくだから最後まで使わなかったカッターを使ってみよう。

カッターで頸動脈《けいどうみゃく》を切断してみる。しかしやはりカッター程度では人間の皮膚を切るのは大変なようだ。何度も刃を交換した末に、何とか四分の一周程度の深い切り傷を作ることができた。

出血はさほどではなかった。やはりもう死んでいたようだ。

餓田は室内を見回した。忘れ物があったら大変だが――。

あった。

筆談に使ったメモ用紙だ。こんなものを残していくわけにはいかない。言うまでもなく筆跡が分かってしまうからだ。

自分が書いたものか千里が書いたものか区別する時間が惜しかったので、何か書かれているメモ用紙はすべてリュックに突っ込んだ。毎回ちぎってから書いていたので、束の一番上の白紙にペンの跡が残っているということもない。

後は――そうそう。

射精はしていないものの、体液や皮膚片が検出されたらマズイ。二階の洗面所のコップに水を入れて書斎に戻り、千里の顔や口内を洗っておく。

こんなところか。

念のため一階と二階を往復して犯行ルートを巡回したが、遺留品は見当たらなかった。

いつだって最大の証拠は犯人自身。モタモタしすぎて現場で目撃されるのが一番良くない。さっさとズラかるとしよう。

一応寝室と書斎の電気は消し、ペンライトを頼りに一階に下りて、最初に侵入した窓から庭へ出る。

外はまだ真っ暗だ。腕時計を照らすと、午前二時半。約一時間か。長いようで短かった。

餓田はレインコートを脱ぎ、ゴム手袋を外し、スニーカーを履き替えた。血まみれのそれらを複数のコンビニの袋に分けて入れると、リュックに放り込んだ。

先程から何でもかんでもリュックにぶちこんでいるが、この中はブラックホールではない。後で適切に処分する必要がある。

だが今は脱出が先だ。

餓田は指紋を付けないよう袖に引っ込めた手で、鍵を外して門を開けた。左右を確認、人影はなし。素早く外に出ると門を閉める。鍵を閉めることはできないが仕方ない。

彼は足早にその場を立ち去った。

終電の時刻はとっくに過ぎているので、三駅離れた自宅まで徒歩で帰るしかない。

深夜の住宅街を駆ける。

丁字路に差しかかる。

左折しようとして、そういえば「左回りの法則」なんてものがあったなと思い出す。

逃走する犯人は丁字路に差しかかると大抵左折する——。

なぜなら、人間は軸足で踏ん張って利き足を大きく動かす方が安定する。だから角を曲がる時も、無意識のうちに軸足を回転軸にして、利き足を大きく動かす方向（すなわち利き足と逆方向）に曲がりがちだ。多くの人間の利き足は右なので、犯人も左折する確率が高いという理屈である。

警察もこの法則を参考にしているらしいので、逃走経路を特定されないという観点からすれば右折したい。だが生憎《あいにく》、通勤電車の高架沿いに帰らないと道が分からない。だから結局、高架がある左方向に曲がるしかない。

そのまま走り続けて、誰にも会わないまま高架下まで来て、もう安心だと思った瞬間、ぶわっと汗が噴き出た。
それとともに現実感が戻ってくる。
自分はとんでもないことをしでかした。
今夜、餓田は大金と三人の命を奪った。
だが今となっては金と命どちらが欲しかったのかよく分からなくなっていた。
――いや、違う。
どちらでもなかったのだ。
そのことに今更ながら気付く。
自分が欲しかったのは、きっと勇気。
変われるきっかけ。
「とんでもないことをしでかした」今、餓田は全能感に満ちていた。
今なら次のステップに進むことができる。
餓田は辞表を北野章の顔に投げ付ける光景を想像しながら、未明の街を歩き続けた。

*

深夜のしおかぜ湾を、ふよふよと小さな光が移動している。
光の主は船に乗っているわけではない。
海浜公園から湾内に突き出した防波堤の上を歩いている。

懐中電灯を持った餓田だ。

潮の香りに混ざって微かな泥臭さ。

防波堤の内側の湾内に広がる、しおかぜ市唯一の名所、しおかぜ干潟の匂いだ。

防波堤は外洋から打ち寄せる波を防ぐためのものであり、例えば諫早《いさはや》湾を干拓するための堤防のように完全に湾を閉め切っているわけではない。

それでもこの防波堤は干潟の環境に影響を与えるとして、建設当初は地域住民と一悶着があった。

理科の授業でも習う通り、砂礫《されき》より泥は軽いため遠くまで流される。

従来はしおかぜ市を流れる河川の砂礫が湾内に溜まって砂質干潟を形成し、泥は沖合まで流されてしまっていた。しかしこの泥が防波堤に阻まれて湾内に溜まることで、干潟の泥質化が進行した。それまでは相当沖合まで歩けていたのが、潟スキーという特殊な橇《そり》がないと足を取られて移動できなくなったほどだ。

この変化により砂質を好むアサリが取れなくなり、地元の漁師たちが猛反発したが、防波堤自体は必要なものだったため取り壊されることはなかった。

今は逆に、泥質干潟を好むムツゴロウやカブトガニ、シギやチドリなど稀少な生物が集まり、ラムサール条約に登録されるほどの名所になっている。

――と、そのような経緯は餓田も小中学校の社会科で習ったが、まったく関心がないのでほとんど忘れてしまっていた。教育ママのせいで、幼少期に友達と干潟で泥んこになって遊んだ思い出もないのだ。

それでもこんなところに来たのは、事件の証拠を詰め込んだリュックを遺棄するためだ。もちろん干潟ではなく外洋に捨てるのである。五千万円と千里の通帳は一旦自宅に寄って置いてきている。

よし、この辺でいいか。

餓田は防波堤の途中で立ち止まると、懐中電灯で海面を照らした。すべてを飲み込んでくれそうなブラックホールがたゆたっている。

念のため辺りを見回し人影がないことを確認してから、背負っていたリュックを放り投げた。

ドボン、という水音とともにそれは海に消えた。

事前に海浜公園の花壇のレンガを重しとして詰め込んでいた甲斐《かい》があって、浮上してくる気配はない。

隠滅完了。

手元に残った懐中電灯は現場で使用したものではなく自宅から持ってきたものなので、捨てる必要はない。

その明かりを頼りに防波堤を引き返す。

海浜公園まで戻ったところで、水平線から朝日が昇った。

その眩しさに目を細めながら、餓田はほくそ笑んだ。

ほら、天も前途洋々たる未来を祝福してくれている。

＊　＊　＊

疾走する象の群れのようなツーバスドラム。

何かを削れそうなほど歪《ひず》みをかけたエレキギター。

ギラギラと光輝く音の粒を撒《ま》き散らすキーボード。

ヘヴィメタルバンドのアルバムの二曲目にでも収録されていそうなキラーチューンだが、実際の出典はまったく異なる。

実はこれ、あの長寿女児向けアニメの戦闘BGMなのである。

そう、数名の少女が色とりどりのひらひらした衣装を纏《まと》った姿に変身して戦う、有名なアレだ。

「大人に媚びず女児の方だけを向いて作る」と謳《うた》っている安心安全の老舗《しにせ》アニメに、どうして女児が怖がりそうなゴリゴリのヘヴィメタルが紛れ込んでしまったのか。それには次のような経緯がある。

シリーズ途中から参加した作曲者が、ヘヴィメタルバンドのキーボーディストという経歴を持つ「その筋」の人だったのだ。

異色のオファーに戸惑ったのは他ならぬ作曲家自身。女児向けアニメの曲など作れないとやんわり辞退しようとしたが、「新しい風を取り入れたい」というプロデューサーの熱意に絆《ほだ》されて参加を決意。持ち味を存分に発揮した結果がこれというわけだ。

もっとも、魔法ではなく肉弾戦が主体となるこのアニメには不思議と調和しており、メインターゲットである女児にも自然に受け容《い》れられたという。このアニメを見て育った女性は将来いいメタラーになるかもしれない。

ともあれ、これはヘヴィメタルによって表現された「闘争」の音楽である。

それが流れたということは、これすなわち闘争の幕開けを意味する。

森《もり》ノ宮《のみや》刑事は今、目を覚ました。


見慣れた天井。

聞き慣れた音楽。

ここは独身女子用の警察寮だ。

散らかった薄暗いワンルームの「余白」に敷かれた布団の上で、彼女は上体を起こした。

分厚いカーテンの向こうの明るさからして、今は昼頃だろう。

もちろん寝過ごしたわけではない。

大きな事件《ヤマ》を解決して、やっと取れた休日なのだ。

刑事は頻繁に昼夜逆転して、昼間に睡眠を取らなければならないことも多いから、日光を遮断する分厚いカーテンに交換済みである。

しかしいつだって睡眠を妨害するのは日光ではなく、不意の呼び出しなのだ。

例の女児向けヘヴィメタルを流す枕元の携帯を取ると、画面に上司の林田《はやしだ》警部の名前が表示されていた。

舌打ちをしようとして、寝起きの舌が上手く鳴らない。とりあえず通話ボタンを押した。

「ふぁい、森ノ宮です」

「休みに入ったばかりですまないが、また新しい事件だ」

声だけは重くてセクシー。

「いいえ、どういたしまして」

「寝ぼけてるな。顔でも洗ってくるか」

「ひえ、結構です。ろうぞお話しください」

「まあいいだろう。事件の内容を聞けば嫌でも目が覚めるさ。一家殺害事件だ」

「え？」

眠気が嫌な冷たさになって背筋を滑り降りていった。

「被害者数は？」

「三人。両親と娘さん——世帯の住人全員だ」

「三人ですか……」

推理小説とは違い、現実の殺人事件の被害者はほとんど一人である。三人も同時に殺害されたらもう大事件だ。しかも一家皆殺しとは。

日本で今までに起きた一家殺害事件が脳裏をよぎる。どれも人間の所業とは思えない不愉快な事件ばかりで、中には未解決のものすらある。

「すぐ準備します。現場に直行しますか、それとも……」

「いや、一度本部に集まってくれ」

「了解です」

通話を切ると、穴とほつれだらけのパジャマを素早く脱ぎ捨てた。

そしてクローゼットの扉を開ける。

そこにかかっていたのは、彼女の収入にはとても釣り合わない高級スーツだった。しかし親などに買ってもらったわけではない。自分で給料を毎月少しずつ貯金して買ったのだ。

――あまり高いスーツを着るなよ。

所轄署時代の先輩刑事のダミ声が蘇り、一瞬だけ当時のことを回想する。

森ノ宮は推理小説が好きだ。「騙《だま》されたい」派ではなく「解きたい」派である。それが高じて現実の事件をも解決したいと思うようになった。名探偵のように――とは行かずとも、せめて助手のように事件の解決に貢献したい。

本の外でその夢を叶えたいなら私立探偵になってはいけない。警察に入るべきである。

森ノ宮はそこそこいい大学に通っていたが、現場に出たいのでノンキャリア一択で受験し、無事合格。

しかし刑事は世間の人が思っている以上に狭き門である。刑事になるためにはいくつかの関門があり、その度に多くの志望者が篩《ふる》い落とされていく。

一、まずは交番勤務で優秀な検挙実績を上げ、所轄署の刑事課に名前と顔を覚えてもらう。
二、刑事課長から署長に報告が行き、署長推薦で刑事選抜試験を受験できる。
三、それに合格すると、捜査専科講習を受講できる。
四、それに合格しても、刑事課に欠員ができないと配属されない。

彼女はこれらの壁を乗り越え、見事所轄署の刑事課に配属された。

しかし刑事の仕事は甘くなかった。

失敗続き、怒られてばかりで、何度も自信を失いかけた。

その時、彼女は一念発起をして高級スーツを買うことにしたのである。

なぜか？

それには二つの創作物の影響がある。

彼女は推理作家の中でも特に有栖川有栖《ありすがわありす》が好きだ。

お気に入りの作品はベタだが『双頭の悪魔』。読者への挑戦状が三度も挿入されるという本格マニア垂涎《すいぜん》の傑作である。

彼女は第一と第二は解けたが、第三の挑戦状だけは解けなかったのが悔しかった。何が悔しいって、ちゃんと考えれば解けるように書かれていたからだ！

犯人を特定するための条件は三つとも、今でも頭に鮮明に焼き付いて忘れない。最近の推理小説はとかくインフレして複雑になりがちだが、シンプルかつ美しい論理の刃《やいば》こそが最も脳細胞に深い傷を残す。

もちろん学生アリスシリーズだけではなく他の作品も読み込んでいる。学生アリスシリーズと双璧を成す作家アリスシリーズに、森下《もりした》という刑事が登場する。この森下が第一のヒントをくれたのだ。

彼は大阪府警の若手だが、内気な性格を直すために敢えて高いアルマーニのスーツを着用している。周囲からチャラチャラした恰好《かっこう》だと誹《そし》られても、堂々と自分のスタイルを貫く。

その森下にあやかって高級スーツを着れば、自分も仕事のスイッチが入るのではないかと考えたのだ。

そして第二のヒントは例の女児向けアニメである。彼女は主題歌ではなくＢＧＭを着メロに設定するほどのコアなシリーズファンだった。かのアニメの少女戦士たちは変身すると華やかなドレスに衣替えする。戦闘に臨む際にはトクベツな衣装を身に着けるというのは、森ノ宮が子供の頃から刷り込まれてきた常識だった。

実際、脳のスイッチの切り替えというのは仕事をする上で非常に重要である。

森下に、かの少女戦士たちに少しでも近付けたかどうか分からないが、森ノ宮の成績はメキメキと上がっていった。

しかし森下と同様、服装を注意されることもあった。

「あまり高いスーツを着るなよ」

そう言ってきた男の先輩刑事は、例のアニメに出てくる、馬が変身した怪人にどこか似ていた。

ついに来たか。

予期していたものの、いざ言われるとピシャリと鼻面を叩かれたようで胸中に動揺が広がってしまう。

「新人のくせにいいモン着るなよってことですか」

森下のように堂々とした態度を心がけたつもりが、少女戦士同士が喧嘩に発展する時のようなギスギスした口調になってしまった。

すると先輩は居心地が悪そうに言った。

「そういう意味で言ったんじゃねえよ。いやそれも多少はあるけどな。それより問題なのは内じゃなくて外だ」

「外？」

「国民の目だよ。ただでさえ公務員の給料は高すぎるとか言われてるんだ――本当はそこまで高くないけどな。まあ、それはさておき、公務員憎しがすっかり一般的になってしまったこのご時世に、お前みたいな若い女が高いスーツ着込んで聞き込みに行ったらどうなると思う？　相手が面倒な奴だったら、絶対にこいつには何も話すものかってなるぜ。聞き込みってのは嫌われないことが重要なんだよ。少しでも嫌われるかもしれない要素があるなら極力排除していくべきだ。そういう話。じゃ、後は自分で考えて」

そう言うと先輩は歩いていってしまった。

残された森ノ宮は打ちひしがれていた。先輩の言っていたこと、今まで自分は一度も考えたことがなかった。自分は社会のことを何一つ知らなかったのだ。そんなひよっこが、こんな高いスーツなど買ってしまって――馬鹿だ。

そう思う反面で、半信半疑な気持ちもあった。先輩の言葉は理屈では正しいだろうが、それでも実際にそんなことが起こり得るのだろうか。スーツのために疑いたいだけかもしれないが……。

しかし後日、先輩の言葉の正しさが証明されることとなる。

まさにその先輩とアパートの聞き込みをしている時、前頭部が禿《は》げ上がった四十代から五十代の男がイチャモンをつけてきたのだ。

「おう姉ちゃん。ええモン着とるのう。それ税金で買ったん、え？」

「いえ、ちゃんと自分の給料で……」

「だからそれが税金ってことやろがい！　お前らの給料、誰が払っとると思っとるんじゃ！　ワシらやぞ！」

「あ、ええ、そうでした。それでさっきの話の続きですが……」

「おう何勝手に話変えようとしとるんじゃ。『ええ、そうでした』やあらへんぞ。お前らばっかり私腹ブクブク肥やしよってからに。ワシらには一銭も入ってこうへん。お前らの質問に答えても一文にもならん。それとも何か？　姉ちゃんがカネ払ってくれるんか？　ほんなら答えてやってもえで。ジョーホーリョーってやつや、ナハハ！」

「いえ、そのようなことは……」

「ほうか。じゃあこっちも何も答えることあらへんわ。ほな、さいなら」

目の前で勢い良くドアが閉ざされた。

風圧で頰を叩かれ呆然《ぼうぜん》と立ち尽くす森ノ宮に、先輩が勝ち誇ったような顔で言った。

「ほらな」

この事件を最後にこのスーツは燃やしてしまおう――森ノ宮はそう思った。

しかし実際にはそうはならなかった。

この関西弁の男が事件の犯人だったからである。

犯罪者の言うことなど聞く必要はない。

いや、犯罪者だけでなく、もう誰の言葉も気にしない。

堂々と自分の好きを貫く。

森ノ宮はその後も構わず高級スーツを着続け、次々と事件を解決していった。そしてその成績を評価されて、花形である県警本部捜査一課に引き抜かれた。

その頃には馬面の先輩も彼女のことを認めており、送別会では皮肉な笑顔で衣類用の防虫剤をプレゼントしてくれた。

今、目の前のクローゼットに入っているのは、そういう戦いの歴史がある鎧《よろい》である。

連日の聞き込みと張り込みで全身が強張《こわば》っていたが、糊《のり》の利いたスーツに手足を通すと、それだけシャキッとした気分になる。

頭の中で女児向けヘヴィメタルが流れ始める。

手早く準備をして部屋を出ると、自転車で県警本部に向かった。

「ご苦労さん」

重くてセクシーな声で出迎えてくれた林田警部の外見は、重そうでノンセクシー。

捜査員が揃うと、数台のパトカーに分乗して現場に向かう。

森ノ宮が運転していると、助手席の林田が話しかけてきた。

「そういえば森ノ宮は妹さんも警察官なんだって?」

「いえ、厳密には警察官ではないんですが……」

ひとしきり妹の話をした後、林田が言った。

「ところで前から思ってたんだが、そのスーツ随分と高そうだけど……」

久しぶりに来たか。

妹の話題もこの話をするための導入だったのかもしれない。

彼女は用意しておいた台詞を早口でまくし立てる。

「確かに気になる方もいらっしゃるかもしれません。ですが敢えて高いスーツを着ることで人に見られるという自覚から――」

林田は慌てて片手を振る。

「あ、いや、そういうことじゃないんだ。ファッションは各自の好きにしてくれたらいい。俺が言いたいのは――つまり――事件が事件だからな。だから――その――ゲロで汚すなよってことだ」

＊

グロテスクな遺体ならもっとひどいものを見たことがあった。

だがここまで人間の尊厳が破壊された現場は初めてだった。

森ノ宮はゲロこそ吐かなかったが、現場にいる間中ずっとドス黒い感情が胸中に渦巻いていた。

しおかぜ市一家殺害事件。

被害者は三人。

世帯主の押見十馬《とうま》、四十九歳。押見水産の社長。

その妻の百合子《ゆりこ》、四十三歳。専業主婦。

その長女の千里、二十三歳。無職。先天的に耳が聞こえないことによる障害年金を受給していた。

第一発見者は十馬の弟である押見水産副社長。いつまで経《た》っても社長が出勤せず、電話しても出ないので、心配になって自宅を訪れた。チャイムを鳴らしても返事がなく、門の鍵が開いていたので庭に入ったところ、割られたリビングの窓と、その付近の血痕に気付いた。その窓から家の中に入り、三人の遺体を発見した……という経緯だ。

死亡推定時刻は三人とも午前一時から三時くらい。

十馬の遺体は一階の廊下の壁に上体をもたせかけた状態で発見された。死因は胸部を複数回刺されたことによる失血死。傷口の一つに包丁の刃が埋まっており、これが凶器と見て間違いない。また右肩には生前に受けた打撲痕が認められた。

遺体があった場所は夫婦共同の寝室とトイレの中間点にあたる。トイレに起きた被害者がリビングから侵入してきた犯人と鉢合わせになった可能性がある。

百合子の遺体は二階にある千里の寝室で発見された。死因は頭部を複数回殴打されたことによる脳挫傷。あまりにも執拗《しつよう》に殴打されたため顔面が変形し、片方の眼球がベッドの下に転がり込んでいた。凶器は千里の遺体の側に落ちていた子供用の金属バットと思われる。カッターナイフによる首筋の切創《きりきず》は生活反応がないため死後付けられたものと思われる。

廊下や階段の血痕から見て、百合子はまず一階の廊下で複数回殴打された後、階段を上って千里の寝室に行き、そこでトドメを刺された可能性が高い。なぜ百合子は瀕死の状態で千里の寝室に向かったのか。

決まっている——と森ノ宮は思った。

娘を守るためだ。

だが守ることはできなかった。

千里の遺体は、彼女の寝室の向かいにある書斎で発見された。死因はロープで首を絞められたことによる窒息死。側頭部に殴打痕あり。パジャマのズボンが脱がされ上半身の着衣には乱れがあったが、犯人の体液は検出されていない。

森ノ宮は両の拳を固く握り締めた。

リビングの窓が割られており、犯人はここから侵入したと思われる。「こじ破り」または「三角割り」という空き巣がよくやる手口のため、犯人は空き巣の常習犯である可能性が高い。

書斎の金庫が開けられ、中が空《から》になっていた。副社長によると、タンス預金の五千万円ほどが入っていたはずだという。

また千里の通帳とキャッシュカードも持ち去られていた。事件当日の朝、しおかぜ市のATMで上限額の五十万円が引き出されている。該当時刻の防犯カメラをチェックしたが、目深に被った帽子とマスクで犯人の顔は分からなかった。警察はすぐには口座を凍結せず泳がせたが、その後の引き出しはない。

「金目当てで侵入したところ、家人に見つかって慌てて殺害した——そういったところか」

林田警部の見解に、森ノ宮は異を唱える。

「それにしては殺害方法が残酷すぎませんか。暴行もしていますし。犯人は一家に個人的な恨みがあった人物かもしれません」

「確かに残忍性は気になったが……現金や通帳が持ち去られていたのはカモフラージュということかね」

「そうかもしれませんし、『ついでに取ってしまえ』くらいの気持ちだったのかも」

「うーん」

林田はしっくり来ていないようだった。

それは森ノ宮も同じだ。犯人像がいまいち見えてこないのだ。金目当ては金目当てかもしれないが、どうもそれだけで括《くく》ってはいけないような……。

森ノ宮は犯行時の情景を想像するため、千里の寝室を見回した。

中央の低いテーブルには、二本のボールペンとメモ用紙の束、それから日本年金機構に提出する健康保険被扶養者異動届が二部載っていた。年金といっても当人の障害年金に関する書類ではない。

副社長によると、十馬は千里を社会参画させるため、少額の報酬で会社の事務を手伝わせていた。今月、複数の従業員に被扶養者の増減が生じたので、その届出用紙の作成を千里に頼んでいたという。その用紙がこれだろう。片方は完成しており、もう片方は書きかけである。

また今でも親交のあった聴覚支援学校時代の友人によると、自宅に籠《こも》りきりの千里はしばしば昼夜逆転していたそうだ。

彼女が寝室で起きて用紙に記入していたところ、犯人が部屋に入ってきて……という構図が目に浮かぶ。

その時だった。

「見てください、こんなものが!」

テーブルクロスの裏を調べていた鑑識課員が声を上げた。

林田がテーブルの側に行く。森ノ宮も付いていって、林田と鑑識課員の間からテーブルを覗き込んだ。

「――これは!」

そこには状況を一変させる重大な手がかりが残されていた。

林田は頷くと、森ノ宮に向き直った。

「この証拠を無駄にするな。どこまでも追い続けろ」

捜査

「嘘《うそ》、今のってまさか……」

女は反射的に振り返った。

連れの男がさほど興味なさそうに問いかける。

「どした？」

「今すれ違った人、死宮遊歩じゃなかった？」

「え、死宮遊歩ってあの女探偵死宮遊歩の……」

「そうそう、双竜邸《そうりゆうてい》連続密室事件や希望島《きぼうとう》四十四人殺しの！　私、超ファンで――」

不意にその人物が振り向いた。

葬式帰りのような漆黒のスーツにネクタイ。

デスマスクのように張り付いた蒼白《そうはく》な笑顔。

テレビなどで見られる死宮遊歩その人である。

「あれ、戻ってくるぞ。聞こえたんじゃね？」

「やだ、どうしよう、こっち来る！　ごめんなさい、私、あなたのファンで――」

ぺこぺこと頭を下げる女には取り合わず、死宮は連れの男を指差した。

「貴方《あなた》、人殺しでしょう」

「え――」

「しかもお連れの女性を今まさに殺害しようとしている」

肌寒さを感じる程度だった秋の昼下がりの公園。その空気が一気に凍り付いたような感覚がカップルを襲った。

「おいあんた、いきなり何――」

「簡単な推理ですよ。貴方の白いTシャツはこの季節には薄手すぎる。一方、そちらの女性が羽織っている黒いジャケットは明らかに男物。この事実から導き出されるのは、貴方が自分のジャケットを脱いで彼女に着せたということです」

「それはさっき――」

説明しようとする男の眼前に、血が通っていそうにない死宮の手の平が突き出される。

「まあ、そう焦らずに。答え合わせは私の推理が終わってからでいいでしょう。では、なぜジャケットを彼女に着せたのか。先程すれ違った時、彼女からチョコミントの香りがしました。公園の屋台で売っているアイスクリームにチョコミント味がありましたから、その匂いでしょう。ところが彼女の唇の端に付いているのはバニラクリーム。チョコミントクリームが付いているのは貴方の唇の方です」

指摘されて初めて気付いたらしく、男女は同時に口を拭った。

「余談ですが――いえ、動機に関係するなら本筋ですね――互いの唇の汚れに今の今まで気付いていなかった、あるいは気付いていても指摘しなかったということから、相手の顔を見ない二人のよそよそしい関係、無関心さが窺えます」

「さっきから黙って聞いてりゃ失礼なことばかり……」

「確かに私たち、最近倦怠期《けんたいき》かもしれない」

「お、おい」

背後から味方に撃たれた形となった男はたじろいだ。

「死宮様、続けてください」

死宮のファンだという女は推理を聞きたがっているようだ。

「よろしい。つまりチョコミントを食べていたのは彼の方なのです。それなのにどうして彼女の方からチョコミントの匂いがするのか。これとジャケットのことを合わせて考えると、次のような情景が浮かびます。

屋台から二人分のアイスを運んできた彼がチョコミントのアイスクリームを取り落とすなどして、テーブルで待っていた彼女の上着を汚してしまった。脱いだ上着はビニル袋にでも入れて、持っているそのトートバッグにしまったのでしょう。ですがそれでは寒いので、お詫《わ》びも兼ねて彼がジャケットを貸した。

こうして服は換えたものの、それほどの汚れだったからこそ、今もなお体にチョコミントの香りが染み付いて取れないのです。ちなみに彼の唇にチョコミントクリームが付いていたということは、彼はもう一つ新しいチョコミントを買ったか、それとも上着に落としたのは一部分だったのか、まあそれは些事《さじ》でしょう」

「凄《すご》い死宮様、まるで見てきたみたい。その通りです。お気に入りの白いカーディガンに染みが付いて、正直イラッとしたんですけど、わざとじゃないから怒るに怒れず……」

「ところが、わざとだったのですよ。彼の殺害計画の一環だったのです」

「ええっ、どうしてそんな――」

男が割って入る。

「こいつの言うことに耳を貸すなって。さっきからデタラメばっか。仮に俺がわざとアイスを落としたとして――言っとくけど、本当はわざとじゃないぞ。あくまで仮定の話ね。仮定の話として、それでどうやって君を殺せるんだ？」

「毒入りアイスを私にぶつけて……」

「毒を入れるなら、君が食べるバニラの方に入れるよ！　あ、だからこれ仮定の話ね」

「その通り！」

死宮は大声で話の主導権を取り戻した。

「アイスに毒が入っていたわけではありません。しかし、ある意味では毒殺と言えるでしょう。毒は別の場所に仕込まれていたのです」

「別の場所？　それって一体……」

「向かいから歩いてきていた私にはよく見えていました。彼の視線が遠く上方をチラチラと探っているのを」

「俺はただ緑が綺麗《きれい》だなって――」

「緑は緑でも、貴方が見ていたのはただ一本の木です。ほら、あの木を見てください」

男女は死宮が指差した先を向いた。

「枝に何かぶら下がっているのが見えますか」

「本当だ、あれ何だろう」

そちらに向かって歩いていきかけた女を、死宮は制止した。

「命を落としたくなければ近付かないことですね」

「ええっ、あれは一体何なんですか」

「スズメバチの巣ですよ」

「スズメバチッ！」

女は右手で左手の甲を押さえて一歩下がった。

「貴方が今押さえた場所に、スズメバチの刺し傷によく似た痕があることは確認済みです。貴方はおそらく最近スズメバチに刺されたのでしょう」

彼女は力なく頷く。

「アナフィラキシー・ショックという言葉も今ではすっかり有名になりましたね。短期間にハチに二度刺されると、抗体が過剰反応して、命の危険すらある重度のアレルギー症状が起きるのです。彼はそれを利用して貴方に危害を加えようとした。最悪死んでもいいという未必の故意のもとに」

「いやいや、ちょっと待てよ。確かにスズメバチに刺されたって話は彼女から聞いていたさ。でももう一度刺させようなんて絶対してないし、あそこに巣があることも知らなかった。大体さっきのアイスの話とどう関係あるんだよ」

「スズメバチは白や明るい色よりも、黒に高い攻撃性を示すのですよ。だから貴方はわざとアイスで彼女の白いカーディガンを汚すことで、自分の黒いジャケットに着替えさせた。これでまず彼女がスズメバチに狙われやすくなります。同時に自分は白いTシャツ姿になることで狙われにくくなります。おまけにアイスの甘い香りがスズメバチを引き寄せる。一石三鳥の手です」

「そんなっ、そんなことしたって本当に刺されるとは限らないじゃねえか！」

「確かに確実性は高くないですね。ですが成功した場合、ほぼ間違いなく事故に見せかけることができるでしょう。これはローリスク・ローリターンの賭けだったのです」

もはや男は言い返すことができなかった。

突然、女が爆発したように金切り声を上げた。

「あんた、やっぱり浮気してたんでしょ！　それで私のことが邪魔になって……」

「信じてくれよ。浮気もしてないし、お前を殺そうともしてないって」

「嘘つき！　あんたなんかハチに刺されて死んじゃえ！」

「お前、俺よりあんな奴の言うことを信じるのかよ！」

「死宮様は天才だもん！　あんたみたいなバカとは違うのよ！」

「何だと！」

「それでは私は先を急ぐので失礼。私も黒服につき、いつハチに襲われるとも限りませんからね」

醜く言い争う二人を背に、死宮は満足げにその場を立ち去った。

足早に公園内を歩くと、推理の要となったアイスクリームの屋台がある三叉路《さんさろ》に出た。

死宮は地図を広げて確認すると、右の道を選んだ。

しばらく進むと公園の出口があり、そこを抜けた先はどこか四角四面な建物が並ぶ官庁街になっていた。警察署の大きなビルも見える。

時折地図を見ながら進み、路地裏に入ると約束の喫茶店が見えてきた。

隠れ家という表現がふさわしい薄暗い店内には、客は二人しかいなかった。

入り口付近の席でスポーツ新聞を広げた中年男性。

奥まった席にちょこんと座っている若い女。

どちらが待ち合わせの相手だろう。

視線を往復させている死宮に気付いたらしく、奥の女が立ち上がり片手を挙げた。死宮はそちらに向かった。

「すみません、遅れました」

「いえいえー。分かりづらかったですか、場所」

「場所はすぐ分かったのですが、少々アクシデントがございまして」

「アクシデント?」

「もう解決したので大丈夫です」

「そうですかー、それは良かった」

事情も知らないのに我が事のように喜ぶ目の前の女を、死宮は興味深く見つめた。

その後、初対面の社会人が必ず行う作業が始まった。名刺交換だ。

死宮は黒地に白字の気取った名刺を渡す。相手の名刺は対照的に、白地に黒字の遊びがないものだ。

といっても面会の約束をした以上、互いの素性も連絡先もすでに知っている。これは単なる儀式に過ぎない。

死宮は席に着くと、さり気なく相手を観察した。

昔の女学生のような三つ編みのおさげ。

野暮ったい黒縁眼鏡《めがね》。

清楚《せいそ》な白いブラウスに紺色のロングスカート。

穏やかな顔付きと物腰。

まるで図書館司書——というより中学校か高校の図書委員のような風情すら漂わせている。

予備知識なく彼女が警察の人間だと分かる者はいないだろう。

森ノ宮切《せつな》。

それが彼女の名前だった。

何とも風変わりな名前だ。普通、自分の娘に「切」などと名付けるだろうか。

もっとも変なのは自分の苗字も同じか——死宮は内心自嘲する。

「ご活躍はかねがね伺っております」

「ほう、警察の方が私のような者を知っていてくださるとは光栄ですね」

「先生ほどの有名人ならほとんどの国民が知ってますよ」

まさか警察の人間に先生と呼ばれるとは。死宮は皮肉な気分になった。

アンミラ風の制服を着たウェイトレスが注文を取りに来た。アンミラとはアメリカ系レストランチェーン「アンナミラーズ」の略で、白いフリルブラウスと暖色のエプロン・ミニスカートという制服が可愛いと、かつて流行した。店長の趣味なのかもしれない。

注文を済ませると、森ノ宮が切り出した。

「それで今回はお手紙でもお話ししたように、私たちにご協力いただきたいんです」

「警察も様変わりしましたね」

「いえいえー、こういうことは割合よくあることなんですよ。有名な前例もありまして」

そう言って彼女が紹介したエピソードが初耳だった死宮は、新鮮な驚きを受けた。

「ほう、あの人もそんなことを」

「そうなんですよー。ですから先生は枠組みに囚《とら》われず、普段通りにやってくだされば良いかと」

「分かりました、協力しましょう」

「ありがとうございます！」

森ノ宮はあどけないと形容しても差し支えないほど純粋な笑みを浮かべると、身を乗り出してきた。

「それでは早速ですが、例の迷宮牢《めいきゅうろう》の話を聞かせてください」

迷宮牢の殺人1

「時に迷宮入りというのは貴方《あなた》、あれは一体何に由来する言葉なんでしょうね」

名探偵・死宮遊歩《しのみやゆうほ》が闇から問いかけると、捜査一課に勤める彼の素晴らしき凡友は今まさに咥《くわ》えようとしていた煙草《たばこ》を口から離し、露骨に眉を顰《ひそ》めた。

「おいおい、いくらあんたが礼儀知らずだからって刑事の前でその言葉を発するか？　普通」

「おや、この単語にトラウマでも？」

「長年刑事やってたら未解決事件の一つや二つあらあな」

警部は路地裏の壁にもたれかかると、再び煙草をふかし始める。

その灯が届かない何処《いずこ》かから、死宮の声が響く。

「そうですか。ですが私は貴方の無能な刑事人生には興味がありません。ただ迷宮入りというタームの成立過程について知りたいだけなのです」

侮辱的な物言いには慣れているのか、警部は特に気にした様子もなく答える。

「成立過程って……そりゃあ道に迷って犯人に辿《たど》り着けないとか、捜査が袋小路にぶち当たるとか、そういったことだろうさ。至極分かりやすい比喩表現と思うが、そんなに気にする話かね？」

「貴方がそう思うのは、迷宮と迷路の違いを知らないからですよ」

「迷宮と、迷路だあ？　ちょっと言い回しが違うだけじゃねえのか」

「いいえ、本来この二つの言葉は正反対の意味を持っているのです。元々、迷宮――ラビリンスという概念は次のようなものでした。交わらない一本道であり、分岐はない。通路は渦を巻くように中心の側《そば》を繰り返し通りながら、最後には必ずそこに到達する。迷宮内の領域はすべて通路で埋め尽くされており、中心に向かうだけで内部空間を余さず通ることになる。中心から脱出を望むなら、元来た道を引き返す他ない」

「おいおい、そんな一遍にガーッと言われても分かんねえぞ」

「でしょうね。貴方にも理解できる表現で言えば、枝道がなく道なりに歩けば一発で中心部に到達できるのが迷宮だということです。クノッソス宮殿から発掘された貨幣などに描かれているクレタ型迷宮図のようにね。すなわち迷宮とは日本語訳とは裏腹に迷う要素など皆無なのです」

「なるほど……？　確かにそりゃ迷路とは違うな」

「はい、枝道や袋小路で侵入者を迷わせるのが迷路――メイズですから」

警部は煙草をふかす。

立ちこめた紫煙が闇をより深くする。

「で？　結局何が言いたいんだ、女探偵さん」

「『迷宮入り』は本来『迷路入り』と言うべきではないのかということです。捜査に迷っているわけですからね」

「そりゃ無理だ。語呂が悪い」

「ははは」

と変声機のような笑い声。

「いずれそのような世俗的な理由なのでしょう。しかしあくまで迷路ではなく迷宮と言い張るのであれば、弛まぬ前進を続ければいずれは核心に辿り着くべきではないでしょうか」

「……そりゃあ日本警察に対する嫌味かい」

「いえいえ、そのような攻撃的な意図はありませんよ。発破をかけているとでも思ってください。追究をやめてはなりません。先程引き合いに出したクレタ型迷宮図がどこか脳髄の形に似ているのは果たして偶然でしょうか。すべてdetectiveと呼ばれる者は脳内の迷宮を歩み続けなければならないのです」

「そんなこと、あんたに言われなくても分かってるよ」

しばし沈黙の後、警部は言った。

「今の講釈を聞いて感じたことだが、俺は迷宮と迷路にはもっとシンプルな違いがあると思うけどな」

「ほう?」

「迷路ってのは文字通り『路《みち》』だろ? それに対して迷宮は『宮《みや》』だ。宮ってことは誰かが住んでるのが前提条件じゃないのか」

「それは興味深い解釈ですね。確かにラビリンスの語源となったラビュリントスは、怒れる神の呪いを受けた王后が牛との間に産んだ牛頭のミーノータウロスを幽閉するために造られた宮殿です。では、貴方の迷宮には果たして誰が住んでいるのでしょうね」

「決まってるだろ」

警部は煙草を捨てると、くたびれた革靴で踏み消した。

「犯人《ホシ》だよ」

意識が闇に飲み込まれていく……。

＊

死宮はベッドの上で目を開けた。

途端に違和感に襲われた。

見慣れぬ天井。

見慣れぬ壁。

見慣れぬ床。

上体を起こすと、白々しい蛍光灯に照らされたその部屋は、彼女の自宅ではなかった。

他人の家やホテルの一室だろうか？

いや、そう解釈するには殺風景すぎる。

まず窓がないため、閉塞感が凄《すさ》まじい。

調度品も数えるばかりだ。

今、彼女の肢体が乗っているベッド。

部屋の中央には、ガラスの四角いテーブルと椅子。

壁際には巨大な金庫。

そして部屋の片隅に寄せられた段ボール箱。

以上である。

居室というより地下倉庫だ。

どうして自分はこんなところにいるのだろうか。

確か深夜の路地裏で友人の警部と密談をしていて……。

その後の記憶がどうにも定かではない。

睡眠薬を大量に服用したような頭の重さがある。

死宮は自分の服装を確認した。トレードマークである喪服のような黒いスーツとネクタイを身に着けている。

ということは帰宅して着替える前に、ここに運ばれたということになる。

自ら知らない場所に来ることはできないから、何者かの作為があることに疑いの余地はないだろう。

まずは状況の確認だ。

所持品はすべて奪われているようだ。スマホもないので外部に助けを求めることもできない。護身用のスタンガンも取られている。

彼女はベッドから下りると、まず金庫を調べた。指紋認証式のようだ。右手の人差し指をかざしてみると意外にも開いたが、中身は空《から》だった。

次に段ボール箱を開けると、ミネラルウォーターのペットボトル、栄養ドリンクの小瓶、ブロック型の栄養食品、ドライフルーツといった保存食が詰め込まれていた。

部屋にはドアが二つあった。

片方のドアを開けると、浴室内に洗面台と洋式便器がある三点ユニットバスとなっていた。

明らかに、しばらくこの部屋で生活することが想定されている。

しかし現状を説明してくれるものは室内のどこにも見当たらない。

もう一つのドアのノブを回すと、それはこちら側に開いた。

ノブは内外ともに摑瑠璃《つるり》としていて、鍵穴やロックの類《たぐい》とは無縁である。

室外は廊下となっていた——といっても「廊下」という単語から想像されるような理路整然とした代物ではない。

通路が正面、右、左の三方向に延びている。

そしてそれぞれの通路は少し進んだところで曲がり角や丁字路になっていた。

天井には一定間隔を置いて蛍光灯が埋め込まれており、室内と同等の明るさを保っている。

死宮は警部との会話を思い出した。

分岐があるということは、迷宮ではなく迷路と言えよう。

——いや、果たして本当にそうであろうか。

彼女の素晴らしき凡友が言っていたではないか。

何者かが住んでいるから迷「宮」なのではないかと。

背後の部屋が居住空間であるのなら、前方に広がる複雑に入り組んだ通路もやはり迷宮と呼ぶべきではないか。

死宮は自分を高貴な人間だと理解しているので、その住まいを「宮」と呼ぶのに吝《やぶさ》かではない。

しかし宮殿は果たして彼女一人のものなのだろうか。

反証になりそうなものが一点。今出てきた部屋のドアの外側に「ＳＨＩＮＯＭＩＹＡ」というネームプレートが貼られているのだ。ネームプレートが必要だということは、部屋の区別が必要だということ。すなわち、他の人間が存在することの証左ではないだろうか。

死宮はネームプレートに手を伸ばした。しっかりと固定されていて外れそうにない。ネームプレートを入れ替えて部屋を誤認させるトリックは使えなそうだ。

トリックなど誰が仕掛けるのかと凡人は嗤《わら》うだろうが、すでに異常事態。どこに策謀が渦巻いているか分からない。名探偵はすでに臨戦態勢に入っている。

さて、それでは迷宮探索を始めよう。

死宮は正面の通路を選び、一歩を踏み出した。

それは少し進んだところで丁字路になっていた。

右を見ても左を見ても、すぐにどこかに行き着けそうには見えない曲がり角がある。

やはり形式だけ見れば、迷宮ではなく迷路である。

死宮は道を覚えながら慎重に進んだ。

直観的にだが、閉鎖された遊園地の迷路を何者かが買い取って改装したのではないか。

その目的は未《いま》だ不明だが、かなりの資金力があることは間違いないだろう。

個人ではなく組織かもしれない。

いずれにしても、この死宮に手を出した以上、そいつには破滅の運命が待っている。

そんなことを考えながら歩いていると――。

「きゃあっ」

角を曲がったところで誰かと鉢合わせした。

死宮の眼前で尻餅をついているのは、「お姉さん」から「おばさん」に移行しつつある女性だった。容姿の良さのおかげでギリギリ「お姉さん」に踏み留《とど》まれているか。

彼女は臆病なリスのように脅々《おどおど》と死宮を見上げた。

「あ、あなたが私をここに閉じ込めたんですか……？」

「いや、私も気付いたらここにいたのです」

「そ、そうだったんですか。すみません、疑ってしまって」

「構いません」

女性は床に座り込んだまま、呆《ぼう》と死宮の顔を見上げている。腰を抜かしてしまったのかと思い、死宮は手を差し伸べた。

「大丈夫ですか？」

女性は我に返ったように頬を染めると、慌てて自力で立ち上がった。

「ごめんなさい、すごい美人さんだーって思わず見とれちゃって……」

「よく言われます」

死宮が自慢気ではなく当然のように言ったためか、女性は噴き出した。

「あはは、でしょうね！」

女性はスカートの裾を叩《はた》きながら尋ねた。

「あの、あなたも同じですか。部屋があって、ベッドで目覚めて」

「その通りです」

「やっぱり。他にも私たちみたいな人が捕まっているんでしょうか」

「可能性はありますね」

「あ」

と女性は思い出したように言った。

「私、上田万里《うえだまり》と言います。中学校で国語を教えています」

「私は死宮遊歩。名探偵です」

「名探偵⁉　本当ですか⁉」

「本当です」

万里は目を輝かせた。

「凄《すご》い。本物の名探偵、初めて見た」

死宮が名探偵であることは彼女自身にとって自明の理だ。だが初対面の相手がいきなりそれを受け容《い》れることは珍しい——というより「初めて見た」。一体どのようなメンタリティの産物か。それは万里自身が説明し始めた。

「私、推理小説とか大好きなんです。やっぱり殺人事件の解決とかされるんですか」

「しますよ」

「わはっ」

万里の奇声がわずかに死宮をたじろがせた。

「じゃあこの事件もすぐに解決してくださいね」

「そのつもりです」

「頼もしいです！　良かった、名探偵さんが仲間にいてくれて」

その時、背後から粘着々々《ネチネチ》した男の声がした。

「お、味方発見～？」

死宮と万里が振り返ると、本人から見て髪の左半分だけをエメラルドグリーンに染めた派手な男が近付いてきた。世の中を知らない若造にも、くたびれたおっさんにも見える彼は、万里と同じくらいの年齢と推定される。

「それとも敵か～？」

「貴方は？」

男は両手の人差し指を死宮に向けるポーズをした。

「それ聞いちゃう？　遅れてるって証拠だけど？」

「私は誰よりも先んじています」

「ぶはっ」

男は噴き出したかと思うと、突然真顔になって死宮の声真似《こえまね》をした。

「私は誰よりも先んじています」

そしてまた失笑々々《シシシ》と笑いながら、両手の人差し指を死宮に向けた。

「ガチ先んじてたら俺の顔見た瞬間にピーンなるはずだから。特にこの黒と緑のツートンヘアね。もうこれあの人しかいないでしょ」

静寂。

「まあ、いいや。名前聞いたら思い出すでしょ。俺、汚野《きたの》☆SHOW《シヨウ》」

静寂。

「どう、どうどうどう、思い出した？　思い出したでしょ？　思い出したと言って！」

「私は知りませんが、貴方はどうですか」

死宮は万里に振る。

「すみません、私も寡聞にして存じ上げず……」

汚野なる男は片手で自分の顔を押さえる。いちいち言動が芝居がかっていて鬱陶しい。

「かー、マジかあ。ユーチューバーやってましてちったァ名の知れた方だとは思ってんすがね……」

「ユーチューバーですか。道理で知らないわけです」

「私もあまり詳しくないんです。ごめんなさい、今度見てみますね」

「今度と言わず今見て！　と言いたいけどスマホ没収されてるんだよなあ。え、君らスマホ持ってたりしないよね」

「生憎ですが何者かに奪われたようです」

「私もです」

「やっぱなー。監禁目的ならスマホを奪わないわけないもん」

「監禁されているという自覚がある割には、随分はしゃいでいるようですが」

「きょせー、きょせー。あ、きょせーってちんちん切る方じゃなくて虚勢を張るの方ね。こうでもしてないと頭おかしくなっちゃうよ。何なんだよ、ここ。誰がこんなことしてるんだよ……」

「そうだよね、不安になるよね……」

万里は共感するように言った後、声に力を込める。

「でも安心して！　この死宮さんは名探偵なの。きっとすぐ事件を解決してくれるよ」

「名探偵⁉　マジっすか。名探偵はガチ先んじてますね」

「だからそう言ったでしょう」

「名探偵さん、この後どうしたらいいっすか」

「とにかく迷宮を踏破します。出口がないか、他に何人捕まっているのか、犯人が潜んでいないか。それらの確認です」

「さすが名探偵、圧倒的リーダーシップ」

「でしょう。名探偵は凄いのよ」

こうして三人に増えた一行は、迷宮の探索を再開した。

「何かこうやってゾロゾロ歩いてるとドラクエみたいっすね」

汚野が無駄口を叩いていると、死宮が人差し指を唇に当てた。

「しっ、静かに」

「死宮さんＦＦ派っすか」

「そんなことではなく微《かす》かに声が聞こえるのです」

「え、やば」

「本当だ、聞こえますすね」

同じく監禁されている者ならいいが、もし犯人だったら……。

緊張感が高まる。

忍び足で声のした方に歩いていくと、何個かめの曲がり角の先が広場のようになっており、そこに四人の男女が集まっていた。

死宮は片手で万里と汚野を制すると、曲がり角の陰から密《ひそ》かに顔を覗《のぞ》かせた。

彼らの会話が聞こえてくる。

「出口は見つかった？」

「何か鍵がかかった扉があったけど、あれが出口なんじゃないかと思って」

「それ、どこにあるの？」

「この道を進んだ先。でもこっち側からは開けられないわ」

死宮たちは顔を見合わせると、頷《うなず》きを交わした。

どうやら同じ立場の人々のようだ。

そうと分かれば、なるべく驚かせないように、わざと足音を立ててから角を曲がる。

広場の四人の視線が一斉に死宮たちに集まる。

銀縁眼鏡《めがね》をかけた白衣の中年女性が代表して口を開いた。

「あなたたちは――いや、あなたたち『も』と言うべきかしらね」

「『も』でお願いします」と万里が答えた。「私たちは仲間です！」

*

七人は改めて自己紹介をした。

白衣の中年女性は医者の白石麗子《しらいしれいこ》と名乗った。

「女医って言ったら怒るタイプっすか」

汚野の軽薄な質問にも、嫌な顔一つせず答える。

「別に。好きなように呼んだらいいと思うわ」

その微笑には成熟した女の余裕が感じられる。

大久保番《おおくぼばん》は最近急成長を遂げたＡＩベンチャーの社長で、テレビなどにもよく出演している。時代の寵児《ちょうじ》ではあるが、今一つスマートなイメージがないのは中年太りのためだ。その体型は当然、汚野の揶揄《やゆ》の的となる。

「どうしたら痩せられるかＡＩに聞かないんすか」

「……君、迷惑系ユーチューバーの汚野☆ＳＨＯＷだね」

「俺のこと知ってるんすか。光栄っす」

「悪名高いからね。迷惑系ユーチューバーは普通のユーチューバーと違ってネット文化の発展を阻害する。無事ここを出られたら、迷惑系ユーチューバーを自動通報するＡＩの開発に取りかかるよ」

「迷惑かどうかどう判断するんすか。それって思想弾圧じゃないっすか」

汚野はしつこく絡んでいくが、大久保はもう相手にしなかった。

「武智玄才《たけちげんさい》である」

よく響く低い声で名乗りを上げたのは、白く長い髭《ひげ》をナマズのように伸ばし、作務衣《さむえ》を着た奇矯な老人だった。

今年で八十歳になったそうだが、年齢の割に背筋が品《ピン》としている。

何でも合気道の達人だそうで、その筋では有名なのだとか。

「不埒《ふらち》な誘拐犯が姿を現したら儂《わし》が成敗してくれるわ」

すかさず汚野がツッコミを入れる。

「でもあなた、ここにいるってことは一度誘拐犯に気絶させられてるんですよね」

武智の顔が紅潮した。

「記憶はないが、いずれ卑怯《ひきょう》な不意打ちじゃろう。そんなものは『のーかん』じゃ」

「ノーカンっすか。了解っす」

最後の一人は、先程麗子と出口の話をしていた少女だった。

ゴスロリ風のドレスにシルバーブロンドをなびかせた、一際華やかな彼女の名前はエカチェリーナ冬木《ふゆき》。日本とロシアにルーツを持つ音大生。天才バイオリニストとして将来を嘱望《しょくぼう》されているという。

死宮はエカチェリーナの両手を盗み見た。左の方が右より指が長く太いというバイオリニストの特徴が現れている。弦を押さえる指の方が発達するため、そうなるのだ。バイオリンをやっていること自体は本当らしい。

「そのうち世界中が私の名前を知ることになるでしょうね」

それにしても凄い自信だ。茶化し屋汚野の恰好の標的になる……かと思いきや、何もないまま自己紹介タイムが終了した。

死宮が汚野の方を見ると、彼はまるで熱にうかされたような瞳で湿《じっ》とエカチェリーナを見つめていた。

そのエカチェリーナが疑問を提起した。

「監禁されているのはこの七人だけなのかしら」

「一度手分けして建物の中を捜索……」

麗子が言いかけた瞬間。

金《キーン》金《コーン》金《カーン》金《コーン》。

学校のチャイムなどに使われるウェストミンスターの鐘が辺りに響き渡った。

「な、何だ?」

「館内放送?」

若干の間を置いて、天井のスピーカーから変声機を通したような声が流れた。

「初めまして、囚《とら》われの諸君。私は『ミーノータウロス』。生贄《いけにえ》を求める者。ミーノース王は幽閉したミーノータウロスの食料として、九年ごとに七人の少年と七人の少女を迷宮に送り込んだ。しかし故事の忠実な再現のために十四人も拉致《らち》するのはさすがに骨が折れるのでね。今回は参加者七人で妥協することにした」

今広場に集まっている七人で全員だということか。

「もっとも七人揃《そろ》えるのも相当大変なのは言うまでもない。我ながらよく頑張ったと思う。苦労したのだから、それに値する味を期待したいところだ」

「あ、味ってまさか……私たちのこと食べるつもりなの?」

万里が青ざめる。

（おそらく生放送ではなく録音だが）その反応を見越していたかのようにミーノータウロスは続けた。

「といっても現代日本のミーノータウロスが喰《く》らうのは人肉ではない。諸君らが私に献上するのは娯楽だ。古い言い方を借りれば『今日は皆さんに、ちょっと殺し合いをしてもらいます』というわけだ。七人で殺し合い、生き残った一人のみがこの迷宮牢から解放される」

死宮が周囲を見回すと、他の六人は恐怖や怒り、絶望といった表情ではなく、むしろ腑抜《ふぬ》けたような顔をしていた。垂れ流される陳腐な言葉に現実感を喪失しているようだ。

「なぜ自分たちがそんなことをしなければならないのか。当然の疑問だ。それには『迷宮入り』が関係している。我が国の歴史に名高い六つの未解決事件――時代順に四億円事件、チェーンソーバラバラ殺人事件、S市一家殺害事件、M賞パーティー爆破事件、L公園ホームレス殺害事件、青酸キャンプ事件」

一定以上の年齢の日本人なら、大抵一度は聞いたことがある事件ばかりだ。

死宮の脳裏に各事件のデータが蘇《よみがえ》る。

1、四億円事件
現金約四億円を積んだ現金輸送車が白昼に忽然《こつぜん》と消失。現場から十キロ以上離れた、目的地とは正反対の空地で見つかった。

車内からは運転手一名、警備員二名、行員一名の射殺体が発見。

四億円は当然、一円たりとも残さず持ち去られていた。

2、チェーンソーバラバラ殺人事件

とある山中、チェーンソーで木を伐採していた林業会社の従業員二名が遺体で発見された。遺体にはチェーンソーの創傷が認められた――が、断じて事故ではない。なぜなら遺体はサイコロステーキのように細かく切り刻まれていたからだ。

3、S市一家殺害事件

深夜、閑静な住宅街の一軒家に侵入者があり、水産会社社長とその妻、聴覚障害のある長女の三人が殺害された。うち両親の遺体は残虐に損壊されており、金庫からは五千万円が盗まれていた。

4、M賞パーティー爆破事件

ある推理小説系文学賞の授賞パーティーで爆弾が炸裂し、作家・評論家・出版社社員・書店員など総勢五十五名が死亡、三十八名が重軽傷を負った。

出版業界に恨みを持つ者の犯行と思われ、パーティーに招かれなかった売れない作家を中心に捜査が進められたが、未だ容疑者すら見つかっていない。

なお犯人がもし「売れている作家が全員死ねば繰り上がりで自分の本が売れるようになる」と考えていたとしたら、それは大いなる誤算だったと言える。なぜならこの事件により出版業界は大打撃を受け、売れない作家の本を出版する余裕など尚更なくなったからだ。大多数の売れない作家はごく一部の売れている作家に養われているという事実を忘れてはならない。

5、L公園ホームレス殺害事件

「その日は風の強い日だったことをよう覚えてます。台風が来るからはよ帰ろと綱引いても、ポチは言うこと聞かず公園に駆け込んでって……そしてワンワン吠《ほ》えよるんですわ。よう見ると、木の枝にいっぱい何かがぶら下がっとって、それが風でブラブラ揺れとる。それに向かってワンワンとね。何やろなー思って目を凝らして……正体が分かった瞬間は思わず腰抜かしてしまいましたわ」

(七十代主婦の証言)

日頃からL公園でテントを張っていたホームレス九人全員が、複数の木の枝に結び付けたロープで首を吊《つ》って死亡しているのが発見された。当初は集団自殺と思われたが、すぐに他殺痕が発見された。

ホームレスに対するヘイトクライムと見られている。

6、青酸キャンプ事件

のどかな平日のキャンプ場が阿鼻《あび》叫喚と化した。飯ごう炊さんに来て、作ったカレーを食べていた小学校の一団が突然苦しみ始めたのだ。児童二十九名、教師一名が死亡。多数が体調不良を訴えた。被害者たちは一様に青酸中毒の症状を示しており、彼らの胃や鍋のカレーからは大量の青酸カリが検出された。警察が他の客も含むキャンプ場の全員を厳しく取り調べたが、ついに容疑者を特定できなかった。

なお客の一人が撮影した現場の写真がグロサイトにアップされ、一時期誰でも閲覧できる状態となっていた。それを見た者によると、被害者たちの嘔吐物《おうとぶつ》とカレーが混ざり合って凄惨の一言だったという。

「これら六つの事件の犯人が諸君の中に紛れている」

衝撃的な発言に広場がざわついた。

「犯人の自室の金庫には、各事件にちなんだ武器が入っている。四億円事件の犯人には拳銃が、チェーンソーバラバラ殺人事件の犯人にはチェーンソーが、S市一家殺害事件の犯人には——複数の凶器が使用されているが一番活躍した——金属バットが、M賞パーティー爆破事件の犯人には爆弾が、L公園ホームレス殺害事件の犯人にはロープが、青酸キャンプ事件の犯人には青酸が与えられる。それらを上手《うま》く活用して他の六人を殺害した者だけが、迷宮牢の外に出ることができるのだ。かつて自分が使った凶器だから扱うのはお手の物だろう？　おっと、全員で協力して誰も殺さず助けを待つとかいう白ける作戦はナシだ。今から七十二時間以内にミッションをクリアしないと、迷宮牢に毒ガスを注入して全員を殺す。助かりたくば自分以外を皆殺しにする他ないというわけだ。自分の脳髄を活用しろ。相手の脳髄は破壊しろ。それがミーノータウロスへの供物となる。それでは健闘を祈る」

刎《ブツ》という音がして館内放送が切れた。

ほとんどの者が放心状態になっているようだった。

死宮だけは迷宮牢という言葉について考えていた。

なるほど、この迷宮は未解決事件の犯人たちを閉じ込める牢獄というわけか。

さらに示唆的なことに、「牢」という文字は「牛」を含む。牛頭の怪物ミーノータウロスの棲家《すみか》でもあるのだ、ここは。

そこまで考えたところで、沈黙を破る者がいた。

万里である。

「ちょっと待って。私たちは七人。迷宮入り事件の犯人は六人。それじゃ一人だけまったく無関係の人間がいるってこと?」

迷宮牢の殺人2

「ちょっと待って。私たちは七人。迷宮入り事件の犯人は六人。それじゃ一人だけまったく無関係の人間がいるってこと?」

中学教師上田万里《うえだまり》の発言が波紋を呼んだ。

「私はどの事件にも関わってないわよ!」

医者の白石麗子《しらいしれいこ》が語気を荒くする。

「私もだ」

ＡＩベンチャー社長の大久保番《おおくぼばん》が追従する。

「儂《わし》は立ち合い以外では人を殺《あや》めたことなどない」

武道家の武智玄才《たけちげんさい》は物騒な物言い。

「俺は動画にできないことはしないよ」

ユーチューバーである汚野《きたの》☆ＳＨＯＷ《シヨウ》らしい発言だ。

「もちろん私もどの事件の犯人でもありません」

万里は自分で提起した疑問に回答する。

残るは二人。名探偵死宮遊歩《しのみやゆうほ》と、バイオリニストのエカチェリーナ冬木《ふゆき》だ。全員の視線が二人に集中する。

「ちょっと、あなたたち、何か言ったらどうなのよ」

詰問する麗子を、エカチェリーナは腕組みしたまま横目で睨《にら》み付ける。

「あんたたち、馬鹿？」

「何ですって？」

呆気《あっけ》に取られる麗子に代わって、大久保が尋ねる。

「我々が馬鹿とはどういう意味なんだね」

エカチェリーナは答えず、死宮を指差した。

「あんた、説明してやりなさい。ずっと黙ってるってことは分かってるんでしょう？」

死宮は軽く溜め息《いき》をつくと、こう言った。

「確かに私は分かっています。名探偵ですからね。しかし他人を馬鹿呼ばわりするならその証明をしなければならない。説明は貴方《あなた》が行うべきです」

エカチェリーナは顔を真っ赤にして口ごもった。

「何、何、どういうことですか」

万里は二人の顔を見比べる。

やがてエカチェリーナが渋々という風に答えた。

「――つまりこういうこと。迷宮入り事件の犯人にはそれぞれの事件に対応した武器が配られる。でもまったく無関係な一人は？　当然、武器は与えられないでしょうね。武器がないと分かれば真っ先に狙われる。今この場で自分がその一人だと主張することは、ならず者の集団の中で自分が丸腰だと叫ぶのに等しい危険行為なのよ」

五人もやっと理屈が飲み込めたようで、押し黙ってしまった。

沈黙に拍手の音。

死宮だ。

「見事な説明でした」

「あんた、馬鹿にしてる？」

「いえいえ、そんなことはありませんよ。貴方の言葉は論理的には正しい。もっとも、自分は無関係なのだと主張する彼らの言葉を鵜呑《うの》みにすることはできませんがね」

「そんなこと私も分かってるわよ。何せ一人以外は嘘《うそ》をついているわけだから」

万里が怖々《おずおず》と右手を挙げる。

「えーと、ということは私が無関係の一人かどうかは確定してないから、武器を持っているかどうかも分からなくて、だから狙われない、ということで合ってますか？」

「狙われるとか狙われないとかはどうでもいいの。とにかく私はやってない！　どの事件もね！」

この期に及んでも主張を曲げない麗子に、エカチェリーナは軽蔑の視線を向ける。

「私は……いや、もう何も言うまい」

大久保は慎重に口を閉ざす。

「下らん。いかなる武器が相手でもこの拳一つで充分じゃ」

武智は自信満々だ。

「あ、俺、実はあの事件の犯人なんだよね。どの事件かは言えないけどね」

汚野のおちゃらけた自白を、麗子が咎《とが》める。

「あなた、それ本気で言ってるんじゃないでしょうね」

「いや、本気も何も、こういうゲームなんでしょ？」

「ゲームって……呆《あき》れた。どの道まともな人間じゃないわね」

「大人の余裕があるお姉さんかと思ってたら、意外とただの癇癪《かんしやく》女な感じ？」

「最初はみんなここに閉じ込められた仲間だと思ってたから……でも違うんでしょ？　あなたたち、みんな未解決事件の犯人なんでしょ？」

麗子は白衣の胸に手を当てて訴えた。沈黙と疑心暗鬼が広がっていく。

「そんな人たちと一緒にいられないわ。私は自分の部屋に戻る」

麗子は山道で遭遇してしまった熊から後退するように、一同の方を向いたままゆっくり後ずさりしていった。

「ちょっ、それ死亡フラグｗｗｗ」

汚野が囃《はや》し立てるが、麗子は無視して曲がり角の向こうに消えた。

迷宮に残響する気忙《きぜわ》しいヒールの音は、まるで彼女の乱れた心を象徴しているかのようだ。

「彼女は白確定かしら」

エカチェリーナは誰にともなく呟《つぶや》いた。汚野が答える。

「どうだろ。油断させてからの不意打ち作戦かも」

「あなたの声は美しくないわ。話しかけないでくださる？」

「さすがにツンデレは古すぎるｗ」

汚野は下卑々々《ゲヒゲヒ》と笑った。エカチェリーナは両手で耳を塞いで返事をしない。

「失礼だが私も単独行動させてもらうよ」

そう言ったのは大久保だ。こちらは後ずさりではなく背中を見せてだが、その場を立ち去っていった。

「これで残ったのは五人……あれっ、武智さんは？」

万里が辺りをきょろきょろ見回す。武智の姿は何処《いずこ》かへと消えていた。

「どなたか、武智さんが広場を出ていくのを見ましたか？」

彼女の問いかけに残りの三人は首を横に振る。

「嘘、私の耳でさえ何の音も聞こえなかった……」

どうやら聴覚に自信があるらしいエカチェリーナが、寒気を感じたように両肩を抱いた。

「まさかあの爺《じい》さん、マジで達人な感じ？」

汚野の飄々《ひょうひょう》とした口調も、今回ばかりは語尾が震えている。

「もし武道の達人が武器を持ったら鬼に金棒ですね」

万里は言ったが、汚野はこれにには賛同しなかった。

「いや、それは関係ないっしょ。ドラクエの武闘家は武器装備したら攻撃力下がるんだし」

万里は虚飛《キョトン》とする。

「あれ、万里さんＦＦ派っすか」

「下らない話はやめて」

とエカチェリーナが打ち切る。

「一旦現状を確認するわよ。この迷宮牢とやらに閉じ込められた七人。そのうち六人は未解決事件の犯人。残り一人はまったく無関係の一般市民。他の六人を皆殺しにした一人だけが脱出できる。未解決事件の犯人にはその事件で使われた凶器が支給されていて、四億円事件の犯人には拳銃、チェーンソーバラバラ殺人事件の犯人にはチェーンソー、M賞パーティー爆破事件の犯人には爆弾、L公園ホームレス殺害事件の犯人にはロープ、青酸キャンプ事件の犯人には青酸カリ、それから……あとは何だったかしら」

「S市一家殺害事件の犯人に、金属バットっすね」

汚野が補足する。

「そうそう、金属バット。あんた、よく覚えてたわね」

「ユーチューバーは記憶力が命なんで」

「は？　まったく関係なくない？　っていうか、あんたと話さないんだった。あんたの声の波長、絶望的に汚いのよ」

「よくコメに書かれるw」

エカチェリーナは話を切り替える。

「念のための確認だけど、この四人の中で自分がどの事件の犯人かって自白する奴《やつ》はいないわよね」

誰も答えない。

「やっぱりか。ま、当然よね」

「え、どういうことですか」

万里が質問すると、エカチェリーナは呆れたように眉を顰《ひそ》めた。

「あんたね、分かってるのに分かってないふりはやめなさいよ。怪しく見えるだけ」

「いや、本当に分からなくて……どういうことなんですか」

万里は助けを求めるように死宮を見る。

死宮は答えた。

「自分がどの事件の犯人であるかを明かすということ、それすなわち自分の武器を明かすということです。例えばチェーンソーは隠し持てませんから、手ぶらなら丸腰だとバレて恰好《かっこう》の標的になってしまいます。他にも青酸カリやロープは白兵戦には向かないので攻撃を仕掛けられやすいですし、逆に拳銃は最強ですから出合い頭に逃げられてしまうでしょう」

「なるほど、そういうことだったんですね。詳しい説明ありがとうございます」

万里は雛《ぴよこん》と頭を下げる。

「ふん、とぼけちゃって」

「何か言いましたか、エカチェリーナさん」

「なーにーも。はあーあ、誰がどの事件の犯人か少しでもヒントがあればいいんだけど……」

「そういえば上田さんって教師っすよね。青酸キャンプ事件……」

汚野のこの発言にはさすがに温厚な万里も怒るかと思われたが、意外にも普通に答えた。

「被害者は小学生とその教師でしょ。私は中学校教師ですから」

「事件当時は小学校教師だったのかも」

「小学校から中学校への転勤もなくはないですけど……」

「無駄な議論ね。職業なんていくらでも詐称できるんだから」

エカチェリーナはそう切り捨てようとしたが、死宮が口を挟んだ。

「一概にそうとも言い切れませんね」

エカチェリーナは鋭く睨み付ける。

「は？　どういう意味？」

「我々が自己紹介をしたのはミーノータウロスの放送の前です。その時点では過去の事件をほじくり返されるなどとは知らないはずなので、本当の身分を言っている可能性の方が高いです」

「ま、まあ、確かにそうだけど……」

「もちろん私は、上田さんが教師だからといって直《ただ》ちに青酸キャンプ事件と結び付けるつもりはありませんがね」

「良かったー」

万里は胸を撫《な》で下ろした。

死宮は言った。

「青酸キャンプ事件と言えば、私は別のことが気になっています。ミーノータウロスは六つの未解決事件を列挙する際、『時代順に四億円事件、チェーンソーバラバラ殺人事件、S市一家殺害事件、M賞パーティー爆破事件、L公園ホームレス殺害事件、青酸キャンプ事件』と言っていました。ですが青酸キャンプ事件は十五年前の出来事。十七年前のチェーンソーバラバラ殺人事件と、十二年前のS市一家殺害事件の間に入るはずなのですが、どうして順番が最後になっているのでしょうか」

「そういえば私もおかしいなってふと思ったんです」

万里が同意する。

「でも他のことが衝撃的すぎて忘れてました……。ええと、他の事件の順番は合ってるんでしたっけ」

「はい、四億円が二十年前、チェーンソーが十七年前、青酸キャンプが十五年前、S市が十二年前、M賞が九年前、L公園が六年前。青酸キャンプの順番だけがおかしいのです」

エカチェリーナが胡散臭《うさんくさ》そうな目を向ける。

「ウィキペディアでも見てきたようにすらすら話すけど、それ本当に合ってるの？」

「職業柄、犯罪史には詳しいもので」

「ふうん、じゃあ言い忘れていたのを最後に付け加えただけじゃない？」

エカチェリーナは関心がない様子。

「あんなイキり演説しといて間違いとか、俺なら恥ずか死ですけどw」

「私の勘ではあれは録音なので、間違えたら録《と》り直すはずなのですが」

「わざとだって言いたいの？　でも時系列は単なる事実じゃない。そこを歪《ゆが》めて何の意味があるって言うのよ」

「ふむ、時の流れを歪める……。なるほど、示唆的だ……」

死宮が思索の海に沈んだので、しばらく沈黙が続いた。

万里が場を繋《つな》ぐように口を開いた。

「そうだ、逆に『この人はこの事件の犯人たり得ない』という方向から攻めてみるのはどうでしょうか。一番古い四億円事件が二十年前なんですよね。エカチェリーナさんはさすがに年齢の関係で除外されるんじゃ……」

「へえ、そうやって私の武器を絞ろうっていうわけ？」

「あ、いやいや、そんなつもりはないんですよ」

万里は顔の前で両手の平を振って弁解する。

「無駄よ。だって私、本当は八十四歳だもの」

「は、八十四!?」

「そ。このシルバーブロンドも本当は白髪」

万里は唖然《あぜん》とエカチェリーナを見つめる。今のが本当なら彼女は吸血鬼か何かだろうか、という目だ。

その時、汚野が藪《やぶ》から棒に言った。

「へえー、チェリーも名探偵コナン好きなんだ。気が合うなー」

「は？　いきなり何言ってんの？　っていうかチェリーって何？」

エカチェリーナは冷たく突き放すが、動揺を隠せていない。

「だって八十四って、シェリーこと灰原哀《はいばらあい》がコナンに年齢を聞かれた時に答えた嘘でしょ」

チェリーは赤面して咳払《せきばら》いする。

「とにかく！　年齢なんていくらでもサバ読めるってことよ」

「今度一緒にコナンの脱出ゲーム行かね？」

「行くわけないでしょ！　まだここから無事に脱出できるかも分からないのに」

「じゃあ一緒に脱出できたら行こ」

彼女はしつこい汚野を無視して、話を戻した。

「未解決事件の犯人である六人はもちろん、まったく無関係の一人も名乗り出ることはできない。あのミーノータウロスとかいう首謀者、よく考えたものだわ」

「一体何が目的なのでしょうか」

「さあね。未解決事件に関係した目的だと思うけど。例えば六つの未解決事件の遺族が協力して、犯人たちに復讐《ふくしゅう》しようとしてるとか」

「それじゃ何で無関係の人間を交ぜるのさ」

「だから知らないって。私に聞かないでくれる？　っていうか話しかけるなって言ったじゃない」

「怒られたw」

長い立ち話で疲れてきたのか、汚野は広場の壁に寄りかかる。

議論の空隙を突いて死宮は問題提起した。

「大事なのは『なぜ』ではなく『どうやって』だと思いますね」

エカチェリーナが先程の仕返しだとばかりに突っかかる。

「まだるっこしい言い方はやめて、結論から言いなさい」

「分かりました、では——ミーノータウロスは『どうやって』六つの未解決事件の犯人を突き止めたのでしょう。基本的には優秀な日本警察が何年調べても突き止められなかったのに。もちろんミーノータウロスの推理が当たっているとは限りませんが、それでも何かしらの確信をもって我々をここに集めたはずです」

「あっ、確かに……」

万里の素直な反応とは対照的に、エカチェリーナは冷たくあしらう。

「何だ、もったいぶっておいてそんなこと。それくらい私も考えてたわ」

「それで貴方の結論はどうなんです？」

「それはまだ。あんたは？」

「私もまだです。しかしこの『どうやって』は必ずこの事件を解く鍵となっているはずです」

「分かった、あんたが犯人だ」

突然、汚野が指差したのは死宮だった。

「警察でも分からない犯人。それが分かるのは名探偵しかいない。あんたは独自に突き止めた犯人たちを処刑するために集めたんだ。気絶させた時にサクッと殺さず、こうやって殺し合いをさせるのは、罰として恐怖と苦痛を与える的なやつ」

「ほう、なかなか良い着眼点ですね。いえいえ、皮肉ではありません。なるほど、そういう可能性もあるかと自分でも驚いています。しかし私はこういうゲームを仕掛ける人間ではありません。あなたの言葉を借りればサクッと殺すタイプです。時は金なり、ですからね」

「怖いっすね。まあ適当言っただけなんで。怒らないでください」

「気にしていませんよ」

「からの？」

「気にしていません」

「気にしなさすぎw」

「あの」

と万里が右手を挙げた。

「はい、上田さん」

汚野は教師が生徒を当てる物真似《ものまね》をしてから、こう続ける。

「発言する時に手を挙げる癖、教師だからっすか」

万里は少しはにかむ。

「そうかも。生徒にいつもそうさせてるからうつっちゃったのかな。よく見てますね」

「ユーチューバーは観察眼が命なんで」

エカチェリーナが嫌そうに耳を塞ぐポーズ。

万里は話を再開する。

「それでね、『気絶させた時』って話で思い出したんですけど、私たちがここに来る前の最後の記憶。その情報を交換すれば、ミーノータウロスに迫るヒントが見つかるんじゃないかなって」

「確かに」死宮は同意する。「ミーノータウロスの姿を見ている方がいるかもしれませんしね」

万里は嬉《うれ》しそうに頷《うなず》く。

「でしょう。まず言い出しっぺの私から話しますね。教師って結構残業が多いんですよ。ほら、日中は全部授業でしょう。その後は部活動の顧問だってあるし。だから授業の準備は生徒が帰ってからやるしかないんです」

不気味な迷宮にそぐわぬ散文的な話が続いた後、ようやく核心に入る。

「それで帰りが遅くなって、暗い路地を歩いていたところ、突然バチッと首筋に痛みが走って——

最初は鞭打《むちう》ち症かと思ったんです。それで首を押さえようとしたら体が動かなくて、なぜだか地面がどんどん近付いてきて、顔面からアスファルトに倒れ込んで。そのまま動けないでいると、手袋をした手が伸びてきて、何か布のようなもので鼻と口を押さえられたんです。ツンとした臭《にお》いがしたかと思うと急に気が遠くなって——気付いた時にはこの迷宮の個室のベッドで寝ていたんです」

エカチェリーナが業を煮やしたように言った。

「国語教師の癖に要約が下手《へた》すぎ」

「ごめんなさい……」

「要はスタンガンで麻痺《まひ》させられた後、薬で気絶させられたってことでしょ。私も同じよ。バイオリンの練習の帰り道。母親とディナーの約束をしていたのだけどね」

エカチェリーナの顔に初めて年相応の翳《かげ》りがよぎった。

そこに汚野の呑気《のんき》な声が被《かぶ》さる。

「俺もー。廃墟《はいきょ》で動画撮影中に背後からバチッとね」

「放送中だったんですか」

万里が尋ねる。

「いや、生じゃねーから。後で編集するつもりだったの」

「あ、そういうことか」

と万里は納得した。

まだ答えていない死宮に、三人の視線が集まる。

死宮は答えた。

「私は――よく覚えてないんです」

「はあ？」

「記憶が混濁していまして。薬のせいかもしれません」

「何よそれ。怪しいわね」

「怪しい方がこのゲームでは有利なのでしょう？」

「ふん！」

上手《うま》く返されたエカチェリーナは顔を背ける。

沈黙が再び広場に舞い戻ってきた。

死宮は切り出した。

「話し合いはこれくらいでいいでしょう。そういえばエカチェリーナさん」

「何よ」

「我々が広場に到着する直前、白石さんと出口らしき扉について話していましたね。そこに案内してくれますか」

「いいけど、あくまで出口かもしれないってだけよ。どうせこっち側からは開けられないし」

＊

四人は広場を出て迷宮を進んだ。

何度か角を曲がりながらしばらく歩くと、赤く塗装された頑丈そうな金属扉が見えてきた。

死宮は鍵穴付きの丸ノブを摑《つか》んだが、施錠されているらしく回らない。

「ね、開かないでしょ」

「汚野さん、一緒に体当たりをお願いします」

死宮の提案に、汚野は顔を引きつらせる。

「ええ、マジっすか。俺そういうの苦手なんすけど」

「女の私に一人でやらせる気ですか」

「死宮さんは女捨ててる感じだし……」

「勝手に人のものを捨てないでください」

「そうですよ！」

と万里も加勢する。

「死宮さんが本当に女を捨ててるなら、ここまで美貌とスタイルを維持できないはずです。女性はスキンケアとかダイエットとかいろいろ大変なんですから」

「いや、そりゃ見た目はいいのは認めますよ。しゃべり方とか……ネ」

「ガタガタ言わずにさっさとやりなさい！」

「はいはい」

エカチェリーナにどやされて汚野も扉に近寄る。

死宮と汚野で体当たりを繰り返したが、扉はビクともしなかった。

「ひえー、俺もうダメ」

汚野はズルズルと扉を伝って床にへたり込む。

対照的に、死宮は呼吸一つ乱れていない。扉をコンコンと叩《たた》いて、

「ふむ、もしかして爆弾を使えばこの扉を吹き飛ばせるのではないか……？」

万里が明るい声で言った。

「それですよ！　この中にM賞パーティー爆破事件の犯人はいませんか？　支給された爆弾で扉を破壊すれば脱出できるかもしれません」

エカチェリーナが呆れたように言う。

「そんな『お客様の中にお医者様はいらっしゃいませんか』みたいなノリで言われても。仮にこの中にいても名乗り出ることはないでしょうね」

「何でですか。殺し合いをしなくても済むかもしれないんですよ」

「かもね。でもその後は？」

「後？」

「想像力を働かせなさい。全員で生きて脱出しても、自分だけ爆破事件の犯人だとバレてしまっている状況よ。警察がミーノータウロスの言葉を鵜呑みにしなくても、必ず再捜査は行われる。そうしたら身の破滅。今まで逃げおおせてきた爆破事件の犯人がその道を選ぶはずがないでしょ」

「うう、確かに……」

「爆破事件に限らず、どの犯人の立場から考えても、脱出する前に他の六人は殺しておきたいのよね。未解決事件との関連を警察に証言されたら困るから。でもそれは必然的にミーノータウロスのゲームに乗るということに他ならない」

エカチェリーナの分析に死宮は頷いた。

「考えれば考えるほど、よく練られたゲームですね。人間心理を拘束してルールを守らせようとしている。底知れぬ悪意を感じます」

「気に入らないわ、おもちゃにされているこの感覚」

この時、死宮は二つの作戦を思い付いていたが、この場で口にすることはしなかった。

代わりに彼女はこう言った。

「さて、この後はどうしますか」

「他の出口がないか四人で探すとか……」

万里が躊躇《ためら》いがちに提案する。

エカチェリーナはしばらく思案してから言った。

「私はパス。自分の部屋に戻らせてもらうわ」

「ええっ、どうして？　単独行動は危険だって話だったんじゃ」

「気が変わったのよ」

「それじゃせめて部屋の前までみんなで……」

「そうやって私の部屋の場所を突き止めようっていうんでしょ。見え透いてるんだから」

「ちがっ、そんなつもりじゃ」

「とにかく失礼させてもらうわ。次に会った時は敵同士よ」

エカチェリーナは片手を平々《ひらひら》させると、迷宮の奥へと消えていった。

「そんじゃ俺もこの辺で失礼させてもらいまーっす。後は若いお二人でごゆるりと」

二人とさほど年齢が変わらないように見える汚野もそう言い残して、別の道へと立ち去った。

扉の前には死宮と万里だけが残された。

「突然どうしたんでしょう、二人とも……」

「彼らは気付いたのでしょう」

「何にですか？」

「このまま集団行動を続けていると、金庫から武器を回収するのが遅れて、先に自室に戻った三人より不利になるということに」

「なるほどぉ。あっ、もしかして私も武器を取りに行くふりをした方が良かった……んでしょうか？」

「私に聞かれても困ります」

とぼけているのか、本当に天然なのか。

万里は両手を旗々《パタパタ》させて訴えた。

「もうこの際だから言っちゃいます。私、本当にどの事件とも関係がないんです！　当然、金庫も空《から》っぽでした。信じてください！」

死宮は凝《じっ》と彼女の瞳を覗《のぞ》き込んだ。驚くほど澄んだ湖に石を投げ込んだように揺れている。目が泳いでいるというより、何とか信じてもらおうという必死さの現れに見える。

だが死宮は長い探偵のキャリアの中で、このような目をした犯罪者をたくさん見てきた。重い罪を犯しながら捕まっていない者たちは、一様に人を騙《だま》すのが上手いのだ。

もし彼女が本当に罪なき一般人だったとしたら、死宮のことはいずれかの未解決事件の犯人だと思っているだろう。そんな相手に自分が丸腰であることを伝えるだろうか。

もっとも、可能性がないわけではない。

それは、彼女がミーノータウロスの言葉をすべて嘘っぱちだと捉えているケースだ。閉じ込められている人たちの中には未解決事件の犯人などおらず、全員が無辜《むこ》の一般人。それなら自らが無害であることを明かして一致団結を呼びかけようとするのも頷ける。

この方が一般市民の思考としては自然か。明らかに自分に危害を加えてきているミーノータウロスとかいう輩《やから》の言葉を信用する道理はどこにもない。

いずれにしても他人の内面をあれこれ推測するのは賢明ではない。

重要なのは、殺されないことだ。

それらすべてのことを一瞬で検討した結果、死宮はこう言った。

「信じますよ」

死宮はベルトコンベアで製造されたような人工的な笑みを浮かべた。それは人によっては不気味に思うかもしれない笑顔だったが、万里は安心したようだ。

「ありがとうございます！」

彼女は笑顔の花を咲かせた後、怖々と尋ねた。

「あの……死宮さんはもう金庫の中身を見たんですか」

「まだ開けていません」

死宮は敢《あ》えて嘘をついた。実際は空であることを確認済みである。どの事件の犯人でもないのだから当然だ。

万里はもっと直接的な質問をぶつけてきた。

「死宮さんも未解決事件の犯人なんかじゃないですよね！　名探偵が犯人なはずないですもんね！」

死宮は肩を竦《すく》めた。

「本当に推理小説の愛読者なんですか？　探偵が犯人の作品は星の数ほどありますよ。それこそ読者に真っ先に疑われるほどには」

「うっ、それはそうですけど……。でもデスゲームの主催者より、現実世界で名探偵を自称するほど気概のある人の方がずっと信じられますよ。私は死宮さんを信じます。だから死宮さんも私を信じてください！」

万里は自分の胸に手を当てて力説する。

「先程も言いましたが、信じますよ。ご安心ください」

「良かった、名探偵が協力してくれたら百人力です」

「しかし二人とも未解決事件と無関係だということは……」

「ミーノータウロスが嘘をついているんですよ。未解決事件の犯人たちを集めたというのはデタラメで、私たちが疑心暗鬼になって殺し合うのを期待してるんです」

万里は死宮が考えていた通りのことを言い始めた。死宮はとりあえず合わせておく。

「そうかもしれませんね」

「殺し合うのは敵の思うツボです。何とかして全員で協力しないと……でもどうしよう。どうしたらいいと思いますか」

「先程扉に体当たりしていた時に思い付いたのですが……」

二つの作戦のうち片方を説明する。

『扉を爆弾で破壊するというアイデアが否定されたのは、『爆弾を使えば爆破事件の犯人だとバレて脱出後に追及されるから』でしたね」

「はい、エカチェリーナさんの言う通りでした。私ってばたくさん推理小説を読んでも、ちっとも頭が良くならないんです。こんな私が教育者をやってていいのかな、なんて時々考えたりして……」

「そんなに自分を責める必要はありません。このような極限状況なのと、エカチェリーナさんの声が大きいのとで勘違いしてしまうのかもしれませんが、貴方もいい意見をたくさん口にしていますよ」

「本当ですか？　やだ、どうしよう、嬉しい」

赤く染まった頬を両手で押さえる万里を尻目に、死宮は説明を続ける。

「扉を爆弾で破壊するということ自体はとてもいいアイデアでした。問題は爆弾の所持者が名乗り出てくれないということ。それならば誰が爆弾の所持者か分からなくしてしまえばいいのです」

「分からなくする……？」

「具体的には『爆弾を持っている人は何分後に扉を破壊してください。他の人は全員自室に籠《こも》って誰が爆弾の所持者か分からないようにします』と全員に伝えるなどの方法ですね」

「なるほど、さすが名探偵！」

「上田さんのアイデアありきの発想ですよ」

「いやいや、全然そんなことないです。ふわっとした思い付きを具体的な計画にできるのは本当に凄《すご》いです」

「それはどうも。まあ問題は、扉の破壊に成功しても本当に脱出できるのかということなのですがね。ミーノータウロスがこの方法に気付いていないとは思えません」

「うう、確かに……。扉を破壊したその先にまた鍵のかかった扉があったりしたら絶望ですね」

「しかしやってみる価値はあります。爆弾という危険物を一個処理できるというメリットもあるわけですし。今からみんなの部屋を回って説得してみましょう」

「はい！」

「並行して、この扉以外に脱出口がないかも調べておきたいですね。場合によってはそちらを優先して爆破した方がいいという話になるかもしれません。いずれにしても今我々が為《な》すべきは迷宮牢の探索です」

伏せているもう一つの作戦は、爆破事件の犯人を突き止めて爆弾を奪うというものだ。

場合によっては殺してでも。

＊

すべての通路を網羅するために、死宮が左手を壁について進むことにした。

万里がその後ろをついてこようとしているので、死宮は指摘した。

「疑うわけではないのですが、念のため隣を歩いていただけますか。背後から奇襲されるとさすがの私も困りますので」

「あ、そ、そうですよね。ごめんなさい、気が付かず……」

万里は慌てて死宮の右に移動した。

二人はしばらく黙って歩き続けた。

「あの！」

突然の挙手が死宮の顔を掠めた。

万里は平謝り。

「すみません、すみません」

「構いませんよ」

言葉通り死宮はまったく気にしていなかったが、万里はやはり気まずいらしく、嗄《か》れた声を絞り出すように話し始めた。

「それにしても複雑な迷路ですね。どうやってここまで来たのか分からなくなっちゃいました。もう自分の部屋に戻れる自信もないです。そっかー、推理小説によく出てくる洋館と違って、こういう迷宮だと自分の部屋を知られないってこともアドバンテージになるんですね。エカチェリーナさんを警戒させちゃったなあ」

万里は散《チラ》と死宮の表情を窺《うかが》う。

死宮は相手が望む言葉をくれてやった。

「何、気にすることはありませんよ。どうせこれから全員の部屋を訪ねて回るわけですし」

「そ、そうですよね」

彼女は会話の内容よりも、死宮が普通に返答したことに安堵《あんど》したようだった。元の親しげな口調

に戻って、

「でもみんな迷わず自分の部屋に帰れてるでしょうか」

「まあ明らかに異常事態なわけですから、皆さん警戒して道くらいは暗記しておいたんじゃないですか。私の部屋にはネームプレートが付いていましたが、他もそうなら部屋を間違える心配もないですしね」

「うう、私はそんなことにも気が回らず、ただ我武者羅《がむしゃら》に出口を探していましたよ……」

そんなことを話していると、二人の前に白いドアが現れた。

出口と思《おぼ》しき金属扉は赤く塗装されていたので、一周して元の扉のところに戻ってきたわけではない。

死宮の推測通り、ドアにはネームプレートが貼られている。

「ＳＨＩＲＡＩＳＨＩ……白石さんの部屋のようですね」

死宮はドアをノックした。

しばらくしてドアの向こう側から怯《おび》えたような女の声が聞こえてくる。

「誰？」

医者の白石麗子だ。

死宮と万里はそれぞれ名乗る。

「何しに来たの？　まさか私を殺しに来たんじゃないでしょうね」

「そんなんじゃないです。話を聞いてください」

「開けないで！」

暴漢にぶつけるような切実な声に、万里は微苦《ビク》と全身を震わせる。

「入ってきたら殺すわよ。私、アレを持ってるんだから」

「アレとは何ですか」

死宮が尋ねる。

「アレは……アレよ。言うわけないじゃない。言わないのがこの『ゲーム』のセオリーなんでしょ！」

麗子は皮肉っぽくゲームという単語を強調する。どうやら汚野とのやり取りをまだ根に持っているようだ。

死宮は言った。

「分かりました。一旦失礼しますが、また後で伺います」

「もう来るな！」

「命が助かるかもしれない話なんですがね」

「……え、どういう意味？」

「それでは。上田さん、行きましょう」

二人が立ち去りかけると、ドアが勢いよく開いた。

廊下に飛び出してきた麗子は、目の周りを真っ赤に泣き腫《は》らしていた。

「ちょっと、説明していきなさいよ！」

死宮は口元だけ笑って言った。

「分かりました、それでは……」

死宮は爆弾に関する作戦について説明しながら、ドア口からこっそり室内を観察した。死宮の部屋とまったく同じ間取りで、特に異常は見受けられない。

話を聞いているうちに、麗子は落ち着きを取り戻してきたようだ。

「なるほどね。でも私、その扉の場所知らないけど」

「白石さん、大久保さん、武智さんの三人はそうですね。後で全員案内します」

今案内しないのは、迷宮を探索して他に爆破すべき脱出口を発見した場合、またそちらに案内しなければならなくなり、二度手間かつ混乱を招くからだ。

「もし私が爆弾を持っていると仮定して、何分後に爆破すればいいのかしら」

「それもまた後で説明に上がります。迷宮を探索しつつ、全員に作戦を説明するのに時間がかかりますので。それまで自室で待機しておいてください。私たち以外の人間が来ても決してドアを開けないように」

「言われなくてもそうするわ」

「それから一点伺いたいのですが、ここに来る前の最後の記憶について、どこで何をしていたかを教えてください」

「それね。さっきも記憶を整理していたんだけど、あの日、大事件があったのよ。知ってるかしら。プロ野球選手の合宿場に毒ガスが撒《ま》かれて何人か亡くなったっていう……」

「あ、私もそれ速報で見ました」

と万里。死宮も頷いて同意を示す。

「次から次へと患者が運ばれてくるから、救急を手伝ってヘトヘトになった帰り道、急に目眩《めまい》がして——その瞬間は過労かと思ったんだけど、同時にビリッという感触もしたから、今にして思えば多分スタンガンを使われたんでしょうね。それで目が覚めたらこの部屋にいたってわけ」

「それは少しおかしいですね」

「何よ、疑うって言うの！」

「いえ、今貴方は白衣を着用しています。それならば襲われた帰り道でも白衣を着ていたということでしょうか？　通勤時にも白衣というのは少々奇異に思えますが……」

「もちろん通勤時は私服よ。この白衣は——この部屋で目を覚ました時に着ていたのよ。私が普段着ている白衣じゃない。多分、ミーノータウロスに着替えさせられたんだと思う」

「ほう、それはそれは——いや、実に示唆的です」

「ええ、何のためにそんなこと……」

万里の怯えたような声に、麗子は泣きそうな声で返す。

「私にも分からないわよ。不気味だけど、白衣の下は下着だから脱ぐわけにもいかないし……」

「脱がれたくないからそうしたのでしょうね。ミーノータウロスの中には、貴方が白衣を着なければならない何らかの必然性があるのだと思います」

死宮は言った。

「まさか女医フェチとか……」

麗子は粟《ゾク》としたように自分の両肩を抱いた。

「それならまだマシですね。最悪なのは殺人トリックに利用する場合です」

麗子の声が一際高くなる。

「やっぱり私、これ脱いだ方がいいかしら！」

「さあ、それは貴方の判断にお任せします。脱いだことで逆にミーノータウロスの怒りを買う可能性もあるわけですしね」

「そんな、どうしろって言うのよ……」

麗子は途方に暮れたように白衣を見下ろした。

覆い被さるような沈黙が場を支配する。

「あの……」

万里が恐る恐る右手を挙げた。

「私はミーノータウロスの言っていたことは全部嘘なんじゃないかと思うんです。本当は私たちの中に未解決事件の犯人なんていないんじゃないかって。白石さんも……違うんですよね。未解決事件の犯人なんかじゃないですよね」

麗子は万里と死宮を白々《ジロジロ》と眺めた。そしてこう言った。

「なるほど、あなたたちはお互いに犯人じゃないって主張して協力関係を結んだわけね」

「はい……」

「あなたの質問に関する私の答えは『ノーコメント』です。私は自分以外の何者も信じない主義なの」

「そうですか……すみませんでした」

「心配しないで。爆破作戦にはちゃんと協力するから。それじゃまた後で」

麗子は力なくそう言い残してドアを閉めた。

万里は詰まっていた息を放出した。

「何とか話を聞いてくれて良かったです」

「そうですね。それでは先に進みましょう」

二人はまた迷宮を歩き始めた。

しばらくすると「TAKECHI」というネームプレートが貼られた白いドアが見えてきた。

死宮がノックを繰り返すが、返事がない。

「留守なんですかね」

万里はドアノブに手を伸ばそうとした。

「待った」

死宮は咄嗟《とっさ》に万里の手首を摑んで止めた。万里は顔を赤らめたが、死宮は彼女の方を見ずにドアの向こうに呼びかける。

「そのままそこで聞いていてください、武智さん」

「ほう、儂の殺気に気付くとは。少しはやるようじゃの、小娘」

「名探偵ですから」

「えっ、殺気？　ちょっと待って、えっえっ」

万里はツイッター女子のように「えっ」「待って」を繰り返しながら、死宮とドアを見比べる。

死宮は淡々と爆破作戦について説明した。

ドアの向こうから感心したような声。

「お主、なかなか説明が上手いな。年金機構の職員よりずっと上手い。奴らときたら儂のことを馬鹿にしおって……」

そのまま延々と愚痴《ぐち》が始まったので、死宮は遮って話題を元に戻した。

「作戦はご理解いただけましたか」

「作戦の方はな。じゃが儂は見ての通り機械音痴の老人。当世流行《はや》りの『すまほ』すら持っておらん。仮に爆弾を持っていたとしても使い方が分かるかどうか……すいっちが三つあるがどれを押せばいいんじゃ？」

万里が慌てて尋ねる。

「ば、爆弾、金庫に入ってたんですか？」

「仮の話じゃよ。赤と青のこーどが付いた時限爆弾など持っておらんわい」

万里は言葉を失った。

代わりに死宮が言う。

「手段はどうあれ最終的に扉を破壊できればいいんですよ。あなたほどの実力者なら扉を蹴破るなど造作もないでしょう」

「ふおっふおっふおっ、言ってくれるわい」

「ところで全員に確認しているんですが、ここに来る前の最後の記憶について——」

頑《ガン》、とドアを蹴る音がした。

逼《ヒッ》、と万里は短い悲鳴を上げる。

「さっき言ったじゃろう！　不意打ちじゃ、『のーかん』じゃと！」

激しい語気に万里はすっかり縮こまってしまっている。

死宮は肩を竦めた。

「これは失礼しました。それではまた後で」

死宮はそう言うと、また壁に左手をついて歩き始めた。万里が慌ててついてきて隣に並ぶ。

「あー、びっくりした。犯人に気絶させられたのがよっぽど許せなかったんでしょうね」

「私ですら捕まっているのだから、気にすることはないのですがね」

万里はちょっと笑ってから言った。

「それにしても武智さん、本当に爆弾を支給されていたんでしょうか。でもだとしたら武智さんがM賞パーティー爆破事件の犯人ということに……」

死者五十五人。六つの未解決事件の中でも別格の大事件である。

「どうでしょうね。牽制《けんせい》半分でからかわれただけかもしれませんよ。修行者のような外見とは裏腹に、なかなかユーモアのあるご老人のようですから」

「だったらいいですけど。でも、もし本当に武智さんが犯人だったとしたら——」

万里は発裏《ポツリ》と呟いた。

「許せないな。私の大好きな作家も死んだから」

迷宮の気温が数度下がったように死宮は感じた。

そのうち、また別の白いドアが現れた。ネームプレートは「KITANO」。

死宮がノックすると、軽薄な声が返ってくる。

「はいはーい、ちょっと待っててねーん」

程なくしてドアが開き、汚野が姿を現した。

「久々登場、汚野☆SHOW。そろそろ誰か死んだ?」

「残念ながらそういうことではありません。先程の金属扉について相談があるのです」

死宮は爆弾の話をしながら、再びドア口から室内を観察する。こちらも間取りは同じ、異常はなし。

「……という作戦ですが、ご協力いただけますか」

「ら!」

「ら?」

「LINEとかで『り』ってあったじゃん。了解の略の『り』。でも何かあれもう死語らしいのよね。だからそれより一文字先を行く『ら』」

「なるほど、ラジャーの『ら』というわけですか」

「そうか、ラジャーの『ら』か! そこまでは考えてなかった。偶然の一致ヤバ」

万里は拳を口に当てて燻々《クスクス》と笑う。

汚野はすかさず両手の人差し指で彼女を差した。

「いいね! ユーチューブじゃ視聴者の顔が見えないから、笑いが見えるの、すごくいいよ!」

「汚野さんは普段はどんな動画を作ってらっしゃるんですか」

「最近一番再生数が多かったのが、自分が握った寿司を回転寿司のレーンに流してみたってやつっすね」

「ええー、バレないんですか?」

「バレた。美味《うま》すぎてw」

いかにも迷惑系という動画内容に、万里は困ったような笑みを浮かべる。

「他にも天才的な動画がいっぱいあって……まあいいや。また今度見てくださいよ、俺の動画」

「うん、分かった。ここから出られたら必ず見るね」

「ちょっ、それ死亡フラグｗｗｗ　どっちか絶対死ぬｗｗｗｗｗｗ」

「ううん、死なないよ！　絶対全員で生きて帰るの！」

汚野は一瞬真顔になってから、元気良く発声した。

「ら！」

死宮と万里は汚野と別れて、迷宮の探索を再開した。

次の部屋の主はエカチェリーナだった。

彼女は警戒した様子でドアを開けなかったので、死宮が「ＦＵＹＵＫＩ」のネームプレートに向けて説明を行った。万里に対する最初の説明を含めるともう五回目なので、さすがに流暢《りゅうちょう》である。

死宮が説明を終えると、少し間があってからエカチェリーナが言った。

「その作戦、多分失敗ね」

「ほう、なぜですか」

「脱出できなかった時のことを考えてないから。ドアの向こうにまた別のドアがあったらどうするの」

万里が口を挟んだ。

「もちろんその可能性は考えました。それでもダメ元でやってみようと……」

「やっぱり分かってない」

エカチェリーナの声に嘲笑が混じる。

「どういう意味ですか」

万里は気色《けしき》ばむのではなく、困惑したように尋ねた。

「そりゃあんたたちはダメ元でいいでしょうよ。でも爆弾所持者はそうはいかない。脱出できなかったらデスゲームで勝つしかないんだから、その時に頼みの爆弾がなかったら不利ってレベルじゃない」

「あっ」

「そのリスクを背負ってまで不確実な作戦に協力するわけない。爆弾所持者がよほど愚かでない限り、爆発音が聞こえてくることはないでしょうね」

作戦の瑕疵《かし》に気付いた万里は、不安そうに死宮の顔を窺う。

その死宮は表情一つ変えることなく言った。

「貴方が言ったことはもちろん私も考慮していました」

「負け惜しみじゃなければ、爆弾所持者を騙して爆弾を消費させるための作戦だったってわけ？でもこんなお粗末な計略に引っかかる馬鹿がいるかしら？」

「騙すとは人聞きが悪い。私は爆弾所持者の良心を信じているだけです」

「良心で人命が助かれば苦労しないって。賭けてもいいけど、爆弾で扉や壁を吹き飛ばしても脱出できないようになってるわよ」

「確かにそんな甘い首謀者ではないでしょうね。この私の拉致《らち》監禁に成功しているのですから」

「自惚《うぬぼ》れ屋さん。身の程を知りなさい」

「いずれにしても作戦は続行します」

「あっそ。勝手にすれば？　私が爆弾所持者でも、そうでなくても、何もしないだけだから」

交渉は決裂に終わった。

二人はまた彷徨《ほうこう》に戻った。

「死宮さん、本当に作戦続行で大丈夫なんでしょうか」

「すでに複数人に説明してしまっている作戦を変更すると混乱を招きます。こういった極限状況では、ぶれない方針を持つことが何より大切なんです」

「確かにそうかもしれませんが……」

「何、案外上手くいくかもしれませんよ。人の価値観は千差万別。エカチェリーナさんと爆弾所持者が同じ考え方をするとは限りません」

「そうか。そうですよね。うん、ぶれない方針大事」

「我々は愚直に作戦を周知して回りましょう」

「はい、後残っているのは……」

「大久保さん一人ですね」

しかし彼に作戦を伝えることはできなかった。

＊

「あっ、大久保さんの部屋じゃないですか」

万里が行く手に現れた「OKUBO」のドアを指差す。

死宮がノックしながら呼びかけること数回。だが返事がない。

「武智さんと同じく待ち伏せをしているのでしょうか」

「殺気は感じませんが」

「もしかして武智さんより凄腕とか？」

「あるいは……」

死宮はドアノブを握った。ノブは回る。だがドアは開かない。

「鍵がかかっているんですか？」

「この部屋に限って施錠できるのもおかしな話だと思いますがね」

「そういえば、鍵があるなら他の人もかければ良かったわけだし……」

「これはドアの内側に置かれている何かに引っかかって開かないという感じです」

死宮は両足を踏ん張って体ごとドアを押した。ドアが擦々々《ズズズ》……と室内側に開いていく。

「手伝います」

「私一人で結構です。離れたところで応援でもしていてください」

「が、頑張れー。フレー、フレー、し・の・み・や！」

応援の甲斐あってか、ドアが三十度ほど開いた。

嘔吐物《おうとぶつ》の臭いが鼻を突く。

白い蛍光灯に照らされた部屋の中央右寄りに、何か大きなものが横たわっている。

大久保番の肥満体だった。

「大久保さん！」

「貴方はここで待っていてください。絶対中に入らないで」

死宮は万里に言い含めると、ドアの隙間から室内に滑り込んだ。

ドアの内側でつっかえていたのは、死宮の部屋にもあるガラスの四角いテーブルだった。横倒しなどではなく、テーブルの縁がドアに密着する形で置かれている。

大久保は嘔吐物を撒き散らし、紅潮した顔面に苦悶《くもん》の表情を張り付かせたまま動かない。死宮はポケットから白手袋を出して嵌《は》めると、大久保の側《そば》に屈《かが》み込んで手首の脈を取った。

なかった。

死宮は死体の口元を扇《あお》ぎ、空気を自分の鼻に送った。

微《かす》かなアーモンド臭。

後頭部には微量の乾いた血がこびり付いている。髪を掻《か》き分けて見ないと分からないくらいの軽い挫傷であり、致命傷になったとは思えない。何者かに殴られたのだろうか。

死体は右手を固く握り締めている。指の間から白いものが覗いていた。まだ死後硬直が始まっていない拳を緩めると、握り潰された紙が出てきた。広げてみたが、メモ用紙大の長方形のそれには何も記されていない。

死宮は立ち上がると、ドア口から覗き込んでいる万里を振り返った。

「亡くなっています」

「そんな……どうして……」

「アーモンド臭。顔面紅潮。死体の特徴は如実に青酸中毒を示しています」

「アーモンド臭……そういえば推理小説で青酸カリで毒殺された人の口からアーモンド臭がするって」

「アーモンド臭といっても我々がよく知るアーモンドではなく、収穫前のアーモンドの匂いですがね。杏仁豆腐の匂いと似ていると感じる人もいるようです。青酸カリは胃酸と反応して青酸ガスを発生し、これが肺に到達することで死に至るのですが、この青酸ガスがアーモンド臭を発するのです」

「ってことはアーモンド臭を感じた死宮さんも危ないんじゃ！」

「吸い過ぎは危険ですね。青酸中毒者に対する人工呼吸はＮＧです。今回は少量なので大丈夫でしょう」

「でも青酸カリってことは……青酸キャンプ事件の犯人が大久保さんを殺した⁉」

「さて、それはどうでしょうか」

テーブルを失い孤立した椅子の上に、ミネラルウォーターのペットボトルが載っている。蓋を捻《ひね》ってみると開栓済であり、中身の透明な液体は半分ほど減っていた。青酸カリはこの中に混ぜられていたのだろうか。青酸カリは青酸ガスを発生するまでにタイムラグがあり即死はしないので、蓋が閉まっていること自体は問題ない。

むしろ問題は他にある。

死宮は改めて室内を見回した。

死宮の部屋と同じ間取りの狭い室内は、中央右寄りの死体と、中央左の壁まで点々と続く嘔吐物で、前後に二等分されていた。嘔吐物は複数の水溜まりを形成しており、虹のような弧状に擦《こす》れた跡が水溜まり同士を繋いでいる。嘔吐しながらもがき苦しんだのだろう。死体の体や服にも嘔吐物がこびり付いている。

奥の壁際に置かれている金庫は片開きの扉が全開になっている。死宮は嘔吐物を飛び越えて部屋の奥に移動し、金庫の中をくまなく調べたが空だった。

部屋の片隅に寄せられた段ボール箱には、ミネラルウォーターのペットボトル、栄養ドリンクの小瓶、ブロック型の栄養食品、ドライフルーツ……と死宮の部屋と同じ保存食が入っていた。

——不意を突くようにベッドのシーツをめくった。しかし下には誰もおらず、何もなかった。

次に死宮は拳で壁を叩いてまわり始めた。

「あの、何してるんですか」

「密室ですから一応隠し通路の有無を確認しているのです」

「密室……あっ、そうですよね。いくらテーブルが動かせる重さでも、廊下から内開きのドアの内側に密着させることは不可能ですもんね」

奥半分の壁を調べ終わると、再び嘔吐物を飛び越えて入り口側へ。現場保全の観点から靴と床を確認するが、嘔吐物は踏んでいない模様。

今度は手前半分の壁を調べる。

それが済むと、入室してすぐ右手にあるもう一つのドアを開けた。こちらも死宮の部屋と同じく、洗面台と洋式便器が付設されたユニットバスとなっていた。潜伏者や怪しい痕跡は見当たらない。

この部屋の壁も叩いて調べておく。

死宮は居室に戻ると、未《いま》だ廊下に留《とど》まっている万里に言った。

「どうやら隠し通路はないようでした。もし毒殺だとすれば、犯人はどうやってこの密室から抜け出したのでしょうか」

「ずっと気になってるんですけど、このテーブルは犯人が置いたんでしょうか。それとも大久保さんがバリケード代わりに……でもそれならもっと重いベッドを使うか」

「まあ、それは一概には言えませんね。テーブルなら状況が変わった時に気軽にどかして外に出られるわけですし。一方、犯人が置くなら何かトリックが必要ですね」

死宮は膝を突いてテーブルの四本脚を調べた。特に仕掛けは見当たらない。一方、ガラスの天板の裏にはわずかな血痕が付着していた。

死宮は一旦室内側からドアを閉め、這《は》いつくばってドアの下の隙間を調べた。

それが済むと、再びドアを開けて言った。

「ドアの下にはわずかな隙間があるにはあります」

「あ、もしかして」

凡人の思い付きなどおおよそ予想できるが、死宮はご機嫌取りも兼ねて先を促した。

「何か思い付いたんですか」

「犯人はテーブルの脚にロープを引っかけてから、外に出てドアを閉め、ドアの下の隙間からロープを引っ張ってテーブルを引き寄せたんですよ。つまり、犯人はロープが支給されているL公園ホームレス殺害事件の犯人です！」

予想通りの答えだった。

「残念ながら、さすがにロープが通るほどの隙間はないですよ。もっと細いワイヤーのようなものなら今のトリックも可能かもしれませんが」

「L公園で使われたのがすごく細いロープだったのかも……」

「もっと根本的な問題があります。支給されたのはロープなんですよね。青酸カリじゃないんですよね。だったら毒殺できないでしょう」

「ホントだ。あーっ、私の馬鹿馬鹿……」

万里は自分の頭を放々《ポカポカ》殴り付ける。

「密室の他にも問題は山積みです。犯人はどうやって大久保さんの飲み物に毒を入れたのか。青酸カリを忍ばせた毒殺魔がいると周知されて警戒されているのに。万が一、人目を盗んで入れることができても、青酸カリは無味無臭な砒素《ひそ》とは違い、強烈な金属の味がします。カレーのような味が濃い食べ物ならまだしも、水なら一口でバレてしまうでしょう」

「気絶させてから無理矢理毒を飲ませたとか？」

「確かに後頭部には挫傷がありました」

「やっぱり」

「とはいえ軽度のものです。あの程度で気絶するかどうかは怪しいですね。それに意識を失った者に何かを飲ませるのは想像以上に困難ですよ」

「じゃあ一体……」

「これらの疑問をすべて説明できる仮説が一つあります。この部屋の金庫が開いていますが、そこに青酸カリが入っていたとしたらどうでしょう」

「えっと……」

万里は発言の意図に気付いたらしく表情を変えた。

「ま、まさか死宮さんが言いたいのって」

「ええ、もし大久保さんが青酸キャンプ事件の犯人だったとしたら？　その事実をミーノータウロスという怪人物に握られている恐怖。最初から警戒し合っているデスゲームを毒で勝ち抜けるわけがないという絶望。大久保さんも最初はテーブルをバリケードにして籠城するつもりだったが、次第に追い詰められて、ついには自らの命を絶つ選択をした――」

「自殺――自殺、自殺、自殺」

万里は噛《か》んで含めるようにその言葉を繰り返してから、こう言った。

「あ、でも自殺だったら室内に青酸カリの容器が残っているはずなんじゃないですか。小瓶みたいなものはありましたか」

「死体の右手は白紙を握っていました。青酸カリは薬包紙代わりのこの紙に包まれた状態で、金庫に入っていたのかもしれません」

「それが真相、なんですか？」

「あくまで仮説の一つですよ。それより今は大久保さんが亡くなったことを他の人々に知らせに行かなければなりません」

「そ、そうですね。行きましょう」

死体一つを中に残したままドアは閉ざされた。

迷宮牢の殺人3

大久保番《おおくぼばん》が密室内で中毒死しているのを発見した死宮遊歩《しのみやゆうほ》と上田万里《うえだまり》は、そのことを皆に知らせるべく迷宮を後戻りした。

「まずは白石《しらいし》さんの部屋へ向かいましょう」

「えーと、それは……」

「検死をしてもらう必要があるからです」

「あ、なるほど……。でもさっきの怯《おび》えた様子からして、死体のある部屋まで来てくれるでしょうか」

「来てくれないのなら医師として怠慢ですね」

二人は白石麗子《れいこ》の部屋まで戻ってきた。

ノックをして名乗ると、ドア越しに返事が返ってくる。

「爆弾作戦の詳細が決まったの？」

「いえ、状況が変わりました。大久保さんが自室で亡くなっているのが発見されたのです」

「嘘《うそ》！」

「本当です。つきましては貴方《あなた》に検死に来ていただきたいのですが——」

「嘘よ、嘘、嘘……」

麗子は再び恐慌状態に戻りつつあるようだった。

「そうやって私をおびき出して殺そうっていうんでしょう」

「やれやれ、首でも持ってくれれば良かったですか？」

「大久保さんは首を斬られていたの!?」

「失敬、言葉の綾です。ちゃんと首と胴体は繋《つな》がっていましたよ。状況から見て、青酸カリを飲んで中毒死したものと思われます」

「青酸カリ……ってことは青酸キャンプ事件の犯人の仕業？」

「あるいは大久保さん自身が青酸キャンプ事件の犯人で、状況を悲観して自殺したのかもしれません」

「まさか……」

「その辺りをハッキリさせるためにも、ぜひ検死をお願いしたいのです」

「嫌……。あなた名探偵なんでしょ。自分で検死できないの？」

「もちろんできますとも。ですが私に任せっきりにしておいていいのですか？」

「どういう意味？」

「もし私が犯人なら、いくらでも自分に都合のいい検死結果をでっち上げることができるという意味です。もちろん貴方一人が検死を行う場合でもその懸念は当てはまります。ですから閉鎖空間《クローズドサークル》ではできる限り二人以上で検死をするのが望ましいのです」

「クローズ……って何？　相手に伝わらない横文字を使わないでよ！」

「閉鎖空間《クローズドサークル》というのは――」

「言葉の説明を求めてるわけじゃない！」

「では、何ですか？」

「私が言いたいのは――」

麗子は途中で言うのを止《や》め、溜《た》め息《いき》をついた。

「もう何を言っても伝わらないわ。これ以上あなたたちと話すつもりはない」

「パニック耐性がないのは医者としてどうかと思いますがね」

その言葉でいよいよ火が点《つ》いたらしく、一際声が大きくなった。

「ここは病院じゃない！　帰って！　そしてもう二度と私に関わらないで！」

死宮は首を横に振ると、万里の方を振り返って囁《ささや》いた。

「今は会話をすることが難しいようです。出直しましょう」

部屋から少し離れたところで、万里が潜々《ひそひそ》と言った。

「死宮さんが一生懸命お願いしてるのに、ひどい態度ですねー」

「あのような医者には診察されたくないものです。次は順番に武智《たけち》さんに知らせに行きましょう」

武智玄才《げんさい》の部屋まで行き、ノックしようと思った瞬間、ドア越しに声がした。

「またお主らか」

「よく分かりましたね」

「気じゃよ」

自称達人は言った。

「気配で分かるんじゃ」

「そんなものですか」

「『ぱんぴー』にも理解できる言葉で言うと、女二人分の足音が聞こえたんじゃ」

「ずっとドアの側《そば》で耳をそばだてていたんですか？」

「当たり前じゃ。まだ死にたくないからのう。して、何の用じゃ」

「大久保さんが亡くなりました」

「……やはりな」

「やはり？　何か知っているんですか」

「死相が出ておった。だから気を付けろと言ってやったのじゃがのう。無駄に終わってしまったか」

「死相ですか。オカルトは専門外です。しかし気を付けろと言ったということは、貴方がいつの間にか広場から立ち去った後、彼と話す機会があったんですか」

「迷路の途中で追い付いてな。奴《やつ》は怪訝《けげん》な顔をしておったが、とりあえず忠告ありがとうと言って立ち去ったわい」

「彼の部屋まで付いていかなかったんですか？」

「何で行く必要があるんじゃ。美人なら喜んで付いていくが、男じゃぞ」

「では、その後貴方はどうしたんですか」

「普通にこの部屋に戻っただけじゃよ」

「それ以降部屋から出ていませんか」

「無論。地の利を手放すはずがない。お主らが二度訪ねてきたきりじゃ」

武智が大久保と会っていたということは、犯行機会があったということになる。しかしそれを自ら口にするところは犯人らしくない。

今のところは判断を保留することにする。

「分かりました。それで全員一度現場に集まってもらいたいので、武智さんも大久保さんの部屋に来てほしいのですが」

「断る！」

「なぜですか」

「先程も言ったじゃろう。地の利じゃ。ドアという盾があり、袋小路だから背後からの奇襲も受けない。自室に閉じ籠《こも》るのがこのゲームの必勝法なのじゃよ」

「なるほど。確かに迷宮を放浪するより安全でしょうね」

「お主も事件の謎を追うのはやめて、そうしたらどうじゃ」

「それはできません。私は名探偵ですから」

「——プロじゃの」

武智は嘲弄《ちょうろう》にも称賛にも聞こえるような笑い方をした。

「また来ます」

死宮はめげないセールスマンのように一礼すると、一旦その場を立ち去った。

「みんな、なかなか部屋から出てきてくれませんねー」

「四面楚歌《しめんそか》の気分ですよ」

万里は心外という顔で振り返った。

「何言ってるんですか。私がいるじゃないですか」

「そういえばそうでした。忘れてましたよ」

「ひどーい」

朗らかに笑う彼女を見て、死宮はふと今までの助手たちを思い出した。

みんなみんな死んでしまった。

死宮が黒ずくめの服に身を包んでいるのは、今でも彼らの喪に服しているからなのだ。

願わくは今度こそ死なせたくないが——。

否。

死宮は首を振って過去の幻影を消し去る。

万里は助手ではない。いずれかの未解決事件に関わっている可能性が高いのだ。いざという時は非情な判断をしなければならないだろう。今のうちに覚悟を決めておけ。

「……どうしたんですか?」

万里が不思議そうに見つめてくる。

「何でもありません。次は汚野《きたの》さんの部屋ですね。彼なら付いてきてくれるかもしれません」

ノックをすると汚野☆ＳＨＯＷ《ショウ》が現れる。素直にドアを開けてくれるのは彼だけだ。極限状況とは思えない陽気な顔と声で言う。

「爆弾作戦、どうするか決まったんすか」

「いえ、それどころではなくなりました」

汚野は両手の人差し指を死宮に向ける。

「ということは、まさか？」

「そのまさかです。大久保さんが亡くなっているのが発見されました」

「早ｗ」

汚野は破顔する。

「犯人さん仕事早すぎでしょｗ　見習いたいｗｗｗ」

「悪趣味ですよ」

万里がたしなめるが、死宮は白石のように取り乱されるよりはマシだと思った。

「汚野さんはずっとこの部屋に？」

「神に誓って出ておりません」

汚野はわざと真面目な声色を作ったかと思うと、すぐ元の軽薄な口調に戻った。

「え、っていうか現場案内してくださいよ」

「そう言ってくれると話が早いですね。ちょうど皆さんを現場に集めようと思ってたんです。白石さんと武智さんには拒否されてしまいましたが」

「そりゃアド損っすね。ガチンコの死体とか見る一択っしょ。ちょっと待ってください、今準備しますから」

汚野はドアを閉めると、二十秒くらいしてから出てきた。

「じゃ行きましょっか」

死宮は念のため万里と汚野を先に歩かせる。

汚野が振り返って言った。

「喪服着てきて良かったっすねー」

「職業柄、死人に会うことが多いですから」

死宮がそう返すと、汚野は引いたような真顔になる。

「え……ネタにマジレスされた感」

「私も冗談ですよ」

「いや、絶対本気で言ってたでしょ」

「嘘ばかりつく犯人の相手ばかりしていると、探偵も嘘をつくのが上手《うま》くなるのです」

「なるほどw　ところでこれ、大久保さんの部屋に向かってるんすよね」

「いえ、先にエカチェリーナさんの部屋に向かいます。彼女にも事件のことを知らせておかなければなりませんからね」

「確かに」

エカチェリーナの部屋に着いた死宮は、ドアをノックした。

しかし何度叩《たた》いても一向に返事がない。

「死宮さん、今にも漏らしそうでトイレのドアを連打する人みたいになってますよw」

「そんな呑気《のんき》なことを言っている場合ではないかもしれませんよ」

「まさかエカチェリーナさん……！」

万里は息を呑《の》む。

死宮はエカチェリーナの返事を待たずにドアを開けた。

そこには死体が――なかった。

室内はもぬけの殻だった。

死宮や大久保の部屋と同じ間取りだ。ユニットバスも覗《のぞ》いたが、そこにも誰も潜んでいない。

「大丈夫そうですかー？」

ドア口から万里が尋ねてくる。

「今のところは」

「良かったー」

「うーん、女の子の部屋ってどうしてこんないい匂いがするんでしょ」

鼻をひくつかせる汚野に、死宮は指摘した。

「ずっと住んでいたわけではないので匂いが定着しているはずはないのでは？」

「サーセン、適当言いましたw」

金庫の扉は閉まっていた。

死宮は一応指紋認証を試したが、当然開かない。

彼女に支給された凶器はまだこの中に眠っているのだろうか。

それとも、彼女がそれを手に迷宮を徘徊《はいかい》しているのだろうか。

はたまた――。

「やれやれ、誰も彼も勝手な行動ばかり取るから困ります」

「もしかして俺が一番優等生までありますか？」

「かもしれませんね」

否定を期待していたのに肯定で返されて、汚野は肩透かしを食ったような表情になった。

「ちょっと死宮さん、私はー?」

「上田さんも優等生ですよ」

「やったー」

万里はガッツポーズをする。

「それにしてもチェリーちゃん、どこ行ったんすかね」

「迷宮の探索に出かけたのかもしれません。どうも彼女は探偵を気取っている節がありましたからね」

「ええ、死宮さんがそれ言っちゃう?w」

「私は名探偵だからいいのです。しかし資質のない人間が探偵の真似事《まねごと》をすると命に関わります」

「そりゃ怖い」

「しかし当の本人がいないのだから、どうしようもありませんね。仕方ありません、とりあえず汚野さんを大久保さんの殺害現場に案内しますよ」

「どもっす」

三人はエカチェリーナの部屋を出て、大久保の部屋に向かった。

「一切迷うことなく進んでますけど、死宮さんよく道覚えられますねー」

「名探偵ですからね」

当然死宮が脇道に迷い込むことなどなく、大久保の部屋のドアが見えてきた。

その時だった。

轟音《ごうおん》が鳴り響き、迷宮全体が激しく揺れた。

地震か⁉

いや、揺れは一瞬で収まった。

死宮は短くない探偵人生の中で、今の轟音に聞き覚えがあった。

「い、今のは……⁉」

腰を抜かしている二人を助け起こしながら、死宮は言った。

「爆発音です」

「爆発って——あ」

「そう、M賞パーティー爆破事件の犯人には爆弾が支給されている。ミーノータウロスはそう言っていました」

「第二の事件発生、ってやつっすかぁ？」

「残念ながらそのようですね。爆発音は大久保さんの部屋の中から聞こえてきました」

「ええ？　でもあのおっさんはもう殺されてるんすよね。じゃあ死体蹴り的なアレ？」

「とにかく入ってみましょう」

死宮はポケットから白手袋を出して嵌《は》めた。

「おー、探偵っぽい」

「ドアノブが熱くなっていたら危険ですからね」

死宮は開く扉の陰になるように位置取ると、ゆっくりと慎重にドアを開けた。

炎や煙が噴き出してくるのを警戒しての行為だが、そこまでのことは起こらなかった。

ただし煙臭さはする。

それに混じって、肉が焼けるような臭《にお》い。

室内の様子は先程とは様変わりしていた。

壁は黒く焦げ、床には火の粉が散っている。

テーブルやベッド、金庫などの家具はひっくり返り、大久保の死体も焼け焦げて手前の壁際まで移動している。

水がないことを除けば、まるで消防隊が火災現場に放水した跡のようだ。

そして何より異質なのが、正面奥の壁の大穴。

壁の七割ほどが吹き飛び、向こう側に同じ間取りの別の部屋が見えている。

そちらにも黒焦げの人間が倒れていた。

死宮は穴に駆け寄ろうとして、ある異変に気付いた。

大久保の部屋の中央に点在する嘔吐物《おうとぶつ》の区画。

その右手前と、左奥が、直径七センチほどの半円形に抉《えぐ》れていた。

要はその二箇所だけ嘔吐物が除去されているのだ。

先程はこんな形跡はなかった。

爆風でそこだけピンポイントで嘔吐物が吹き飛ばされるとは思えない。

一回目の訪問と二回目の訪問の間に何かが起きたのだ。

「どうしたんですか?」

万里の声で我に返った死宮は嘔吐物の区画を飛び越し、大穴から向こうの部屋を覗いた。

白衣は結局脱がなかったようだ。それが今は黒衣に変わっている。

麗子だった。

首や手足が本来あり得ない方向に曲がっている。

死んでいるのは明白だ。

万里と汚野も嘔吐物を飛び越えて死宮の隣にやってきた。

「ひどい……誰がこんなことを……」

「え、癇癪《かんしやく》おばさんまで死んでるじゃないすか。どゆこと？　ってかこの部屋どうなってんの？」

「先程は壁に穴などなく、こちらの部屋で大久保さんが死んでいるだけだったのです。どうやら今し方の爆発で壁が吹き飛んだようですね」

死宮は向こうの部屋の床を指差した。

「見てください。壁の破片の大部分が向こうの部屋に落ちています。爆風のベクトルを考えると、爆弾はこちら側の壁に仕掛けられていたということになります」

「ゲームや映画に出てくる壁に貼れる爆弾っすか。でも仕掛けた奴はどこに？」

「こちら側の部屋に大久保さん以外の死体がないということは、爆弾はリモコンか時間で作動するもので、仕掛けた犯人はとっくに逃げ去っていたのでしょう。そして一枚壁を隔てて隣接する部屋の主《ぬし》である白石さんが巻き込まれて死亡した」

「犯人は白石さんを狙ったんでしょうか」

「その可能性が高いですね」

向こうの部屋にも金庫が転がっている。

死宮は壁の穴を抜けると、死体を跨《また》いで金庫に近寄った。

爆風を受けたらしく煤《すす》けているが、残念ながら扉は閉まったままだった。

死宮は一切の躊躇《ちゅうちょ》なく麗子の死体を担ぎ上げた。

「きゃあっ、死宮さん何やってるんですか」

「死体でも指紋認証が通るのか試そうと思いましてね」

そう言いながら死体の指をセンサーに近付けたが、反応しなかった。

「死んだ直後なら指紋が残っていることもあるそうですが、今回はダメだったようですね。黒焦げになっていることも関係しているのかもしれません」

「やっぱ死宮さんヤベーっすわｗ」

「これも探偵の仕事です」

死宮は死体を下ろすと、再び壁の穴を抜けて大久保の部屋に戻った。

その時、大久保の部屋の外から声が聞こえてきた。

「あんたたち、こんなところで何やってんの」

ドア口にエカチェリーナが立っていた。

「ちょｗ　それはこっちの台詞《せりふ》ｗｗｗ」

「汚野さんの言う通りですよ。勝手に部屋を出てどこに行っていたんです」

「別に部屋を出るのにあんたの許可は必要ないし。他の出口や手がかりがないか迷宮を探索していただけよ。それよりこの惨状は何？　どういう状況？」

「貴方のように単独行動をする人がいるから、逐一説明し直さなければならなくなるんですよ」

「集団行動を尊ぶ日本人的発想ね。ＪＲＰＧみたいにゾロゾロと……それで？　何があったか説明してくれる？」

「見ての通りですよ。爆発です」

「爆発ｗｗｗｗ」

「ふざけてんの？」

「つまりですね……」

説明しようとする万里を制して、死宮は言った。

「今から武智さんにこのことを知らせに行くので、そこで一緒に説明しますよ。同じことを何度も説明したくはありませんのでね」

＊

全員で武智の部屋に向かった。

「何じゃさっきから何回も。忙《せわ》しない奴じゃの」

「犯人が忙しないので仕方ないですね」

「ほう、するとまた？」

「はい、今度は白石さんが亡くなりました」

「まさに女盛りという感じじゃったのに。もったいないのう」

「とにかくここを開けていただけませんか」

「そう言われてホイホイ盾を投げ捨てるほどお人好《ひとよ》しじゃないわい」

「貴方が思っているほど部屋に閉じ籠るのは安全ではありませんでしたよ。白石さんは隣接している大久保さんの部屋の壁を爆破されて死んだのです」

「力業じゃな。だがもう爆弾は消費したのじゃろう？　残るは銃とチェーンソーと毒と……何じゃっけ」

「金属バットとロープですね。あと毒はすでに大久保さんに使われています」

「おお、そうじゃったのか。しかし毒くらいで死ぬなんて最近の若者は軟弱じゃのう」

大久保の死因が毒だということは、まだ武智には話していなかった。

それなのに毒のことを知っていたら犯人確定だったが、そんな簡単に事は進まないようだ。

もちろんわざと知らないふりをしているだけかもしれないので、犯人でないと決まったわけではない。

「残った凶器で籠城している人間を脅《おびや》かせるものはないじゃろう。むしろ最も危険な銃が残っているのだから、扉を開けるわけなどないわな」

「銃で撃たれたくらいで死ぬなんて最近の年寄りは軟弱じゃのうｗ」

汚野が声真似で揶揄《やゆ》する。

武智は強い口調で反論する。

「いや！　儂《わし》は銃を持った相手にも勝つ自信はあるぞ。だが自分から不利な立場に身を置くのは武道ではない。そういう話じゃ」

「そうじゃそうじゃｗ」

「犯人に支給されてる爆弾が一つとは限りませんがね」

「そうじゃそうじゃｗ」

「とにかく扉を開けるのはお断りじゃ。用があるなら扉越しに話せばよかろう」

「いいでしょう」

死宮はこれまでの経緯を説明した上で、こう言った。

「重要なのはアリバイです」

「アリバイ？　名探偵ともあろう者が随分初歩的なことをおっしゃるのね」

エカチェリーナの皮肉に死宮は反論する。

「アリバイは基本にして究極。特に今回のような時間的猶予が少ない事件には有効なのです」

万里が賛同する。

「確かに短時間に連続して事件が起きているから、各自の行動を洗い出せば自ずと犯人が見えてきそうですね」

「はい、一旦タイムテーブルを整理してみましょう。広場でミーノータウロスの放送を聞いた後、まず白石さんが、次に大久保さんが広場を立ち去りました。それとほぼ同時に、順番は不明ですが、武智さんの姿もいつの間にか消えていました」

「お主らがちゃんと見ていなかっただけじゃろう」

死宮はやり返すように言う。

「その後、武智さんは大久保さんを追いかけて声をかけたんですよね」

「ええ？　何のために？」

エカチェリーナが不信感を露《あら》わにする。

「死相が出ているから気を付けろと警告してやったんじゃ。無駄になってしまったようじゃがのう」

「ま、いきなりそんなこと言われてもどうしようもないしねｗ」

「その後、武智さんは大久保さんと別れて自室に戻ったので、大久保さんが自室に戻るところは見ていないとのことです。一方その頃、私と上田さんと汚野さんとエカチェリーナさんはしばらく広場で議論をしてから、出口と思《おぼ》しき扉が開かないかを試しました。そこで汚野さんとエカチェリーナさんは自室に戻り、私と上田さんは迷宮の探索を始めました。道すがら白石さん、武智さん、汚野さん、エカチェリーナさんの部屋を訪れましたが、その時は全員在室していました。そして最後に大久保さんの部屋を訪れたところ、テーブルでドアが塞がれた密室内で青酸中毒死していたのです。ここまでを第一の事件としましょう」

「あ、俺ちょっと名探偵っぽいこと言っていいすか？」

「名探偵は他人の許可を得る必要はありませんよ」

「おけｗ　ルール説明が流れてから大久保のおっさんの死体が発見されるまでの間、死宮さんと万里さんはずっと一緒にいたんでしょ。じゃあ白じゃね？　単純な話」

「一般的にはそう見えますね」

死宮は論理的に厳密な言い方をする。

「甘い」

口を挟んだのはエカチェリーナだった。

「二人が共犯だったらどうするの。七人に六人は凶悪犯のこのゲーム、さっさとパートナーを作った方が有利でしょうし」

ドアの向こうで武智が言った。

「人生のぱーとなーも早く作った方が良いぞ。年長者からの忠告じゃ」

汚野が混ぜ返す。

「それは作った側の意見？　それとも……」

「バカモン！　ぱーとなーくらい世界中に百人はおるわい！」

「百人ｗｗｗ」

「あんたらうるさい、ちょっと黙ってて」

「はい」

エカチェリーナは馬鹿二人を一喝した。

万里が反論する。

「私たち、嘘なんかついてません！」

「証拠は？」

「皆さんの部屋を二人で訪問してまわったじゃないですか。犯行時間なんてないですよ」

「そんなの証拠にならないわ。廊下の移動中に何をやっているか分からないし、大久保の部屋の訪問が最後なんだからそこで殺しただけかもしれない」

「うう……」

万里は口ごもってしまう。

死宮が後を引き受ける。

「もし私たちが犯人なら、どうやって密室内の警戒している相手に毒を飲ませたというのですか」

「確かに状況的には自殺としか思えないわね。あなたたちが話した現場の状況が本当なら、の話だけど。ちょうど都合良く爆発が起こって現場が滅茶苦茶になってしまったからねぇ」

「なるほど、言われてみれば爆発は私たちに不利に働いていますね」

「まあ、疑ってばかりじゃ話が進まないからね。次、行ってくれる?」

エカチェリーナはあっさりそう言う。

疑うだけ疑っておいて……と凡人なら憤りを覚えるかもしれないが、死宮は必要な手続きを代わりにやってくれて、むしろ感謝しているくらいである。

「では第二の事件について。大久保さんの検死をしてもらうため、私と上田さんは白石さんの部屋を訪れましたが、怯えた白石さんに断られてしまいました」

「ふうむ、人死にで『ぱにっく』になったら余計危ないんじゃがのう」

「武智さん、あなたは話が分かる人のようですね」

「儂はすべてを分かっておる」

「それで?」

エカチェリーナが苛立《いらだ》ったような声で遮った。

「白石さんと別れた後はどうしたの」

「武智さん、汚野さん、エカチェリーナさんの順番で部屋を回りました。武智さんは部屋から出てきませんでしたが、汚野さんは死体を見にいくと言って私に付いてきました。そしてエカチェリーナさん——貴方だけが自室にいなかった」

「いかにも怪しいみたいな感じで言わないで。さっきも言ったでしょ。迷宮を探索してただけ。大体あんただってぶらぶら迷宮をうろついてるじゃない」

「名探偵と容疑者では置かれている立場が違いますよ」

「その言葉、そっくりそのままお返しするわ」

「まあ、いいでしょう。それでエカチェリーナさんの部屋を出た私たちが大久保さんの部屋の前まで来たところ、室内から急に爆発音がしたのです。そしてドアを開けると、すでにお話しした惨状になっていたというわけです」

「そこよ。あんたの証言が正しければ、ついさっき訪れたばかりの部屋じゃない。大久保の死体を発見した時、壁に爆弾のようなものが貼り付けられたりはしていなかった？」

「そんなものがあればさすがに気付いているはずですね。したがって答えはノーです」

死宮はそう答えながら、そういえば一つだけ探していない場所があったなと思った。

「あんたの目が節穴でなければ、犯人はごく短い時間の間に爆弾を仕掛けたことになるわ」

「ぶっちゃけ俺、アリバイ成立しない？　爆発の五分前くらいから死宮さんと行動してるけど」

「ダメね。死宮と上田さんが大久保の部屋を出た後で爆弾を仕掛けて、二人が自分を再訪してくる前に自室に戻っておけば可能よ」

「ダメすかー」

「私と上田さんは共犯でなければアリバイが成立するのですが」

そう言う死宮に、エカチェリーナは質問をぶつける。

「あんた、迷宮で誰かとすれ違ったり追い越されたりしなかった？」

「私が通った道ではそのようなことは決してありませんでした。しかし迷宮の構造を完全に把握したわけではないですから、別ルートで私を追い抜くことは可能だったかもしれません」

「ほら、だから言ったでしょ。探索が必要だって。まずは迷宮のマップを作成しないことには始まらないわ」

「それでは我々全員で迷宮をくまなく踏破し――」

「儂は行かんぞ」

「俺は行ってもいいっすよ」

「私ももちろん行きます！」

「では四人で」

四人の出発の気運が高まったところで、ドアの向こうから発裏《ポツリ》と声がした。

「しかしのう……一つ気になることがあるんじゃ」

「何ですか？」

「凶器は未解決事件の犯人たちに一つずつ支給されているんじゃろ。だが毒と爆弾……両方使われたということは、下手人はそれぞれ別っちゅうことかの」

ほんの一瞬、彼らの間に緊張が走った。

それは誰もが薄々気付きながらも、避けていた話題だった。

すなわちミーノータウロスの邪悪なゲームに加担する人間が、自分たちの中に一人どころか二人もいる……！

「そうとは限りませんよ。大久保さんの部屋の金庫は開け放たれており、中身は空《から》でした。毒殺魔が爆弾魔である大久保さんを殺害した後、爆弾を奪ったという可能性もあります」

死宮は無用な混乱を避けるためそう言ったが、一度点いた疑惑の炎はいつまでも燻《くすぶ》り続けそうだった。

捜査

「そんな……大久保さんだけでなく白石さんまで殺されてしまうなんて……」

森ノ宮切はまるでその場にいるかのようにショックを受けた表情をした。

「声が大きいですよ」

死宮は周囲を見回す素振りをして窘《たしな》めた。

ここは警察の取調室ではなく、喫茶店なのだ。

森ノ宮はしまったというように口を押さえる。

まったく、この女は警察の人間であるという自覚がないのか――死宮は内心呆《あき》れた。

死宮は今度は演技ではなく、本当に周囲の反応を確認するために、こっそり視線を動かした。

入り口付近のテーブルの中年男性客は、株価が並んだ紙面を熱心に目で追っている。

老いたセイウチのような総白髪のマスターはカウンターの向こうでのんびりとカップを拭いている。

ウェイトレスは離れたところで欠伸《あくび》。

誰かに今の話を聞かれた気配はないが、用心するに越したことはない。

「くれぐれもお静かに。一応トップシークレットなんですから」

「すみません、気を付けます。あ——死宮さん。コーヒーのお代わりはいかがですか」

森ノ宮が空《から》のカップを見て言う。よく気が付くというより咄嗟に話題を変えた風であまり感心しなかったが、敢えて咎《とが》めるほどでもあるまい。

「いただきましょう」

「他に何か——」

「私は結構です」

森ノ宮は手を挙げてウェイトレスを呼んだ。二人分のコーヒーのお代わりの他に、ちゃっかり季節のデザートなども頼んでいる。呑気なものだ。

ウェイトレスが厨房に消えると、森ノ宮は藪《やぶ》から棒にこんなことを言い出した。

「そ、そういえば死宮さんはフェラーリに乗ってるんですよね」

それはインタビューなどでよく話している有名な事実だが、なぜそれを今尋ねてくるのだろう。

死宮は訝《いぶか》しみながらも、まずフェラーリはフェラーリでもどのモデルかを言おうとしたが、どうせ分からないだろうと思い直して結局短く答えるに留《とど》めた。

「ええ、そうですが」

「せっかくだから是非その話も聞いてみたいなー……なんて……あはは、関係ない話ですみません」

まったくである。

「変なこと言ってすみません。迷宮牢の話を続けましょう」

「はあ、まあ、どちらでもいいですが。それではその後どうなったかですが……」

迷宮牢の殺人4

自室から出たがらない武道家の武智玄才《たけちげんさい》を置いて、名探偵の死宮遊歩《しのみやゆうほ》・教師の上田万里《うえだまり》・ユーチューバーの汚野《きたの》☆ＳＨＯＷ《シヨウ》・バイオリニストのエカチェリーナ冬木《ふゆき》の四人は迷宮の全貌を把握するべく探索に出発した。

足の前に足。

またその前に足。

死宮はまるで底なし沼を行軍しているかのように、自分の思考に沈んでいった。

自分はなぜ今ここに存在しているのか。

哲学的な話ではない。

もっと具体的な話――この事件の発端のことだ。

死宮が迷宮牢で覚醒する前の最後の記憶は、深夜の路地裏で友人の警部と密談をしている光景だった。

しかも会話の内容は他ならぬ迷宮入りに関するものだったのだ。

迷宮入りした事件の犯人たちが迷宮に閉じ込められて殺し合いをさせられていると思われるこの状況……。

これが果たして偶然の一致と言えるだろうか？

しかし偶然でないとすれば、どういうことになるのか。

まさか警部が事件に関与している？

あの愚鈍だが善良な友人がそんなことをするとは考えたくないが……。

だが死宮は名探偵だ。名探偵は予断をしない。彼女は脳内の容疑者リストに友人の名前を書き加えた。

それから「跳ね馬」のことも気になる。

後ろ足で立ち上がった馬の紋章がフロントラジエータに付いている、彼女の愛車フェラーリのことだ。

ある時は、逃走する犯人とのカーチェイス。

ある時は、自分の思いに気付いた依頼人の空港への送迎。

ある時は、山火事からの脱出。

今まで幾度となく死宮と一緒に事件を解決してきた跳ね馬だが、この閉ざされた迷宮でその力を借りられる望みは薄そうだ。

跳ね馬はまだあの路地裏の近くの駐車場にいるのだろうか。

警部が黒にせよ白にせよ、あの付近にミーノータウロスが潜んでいたとしたら、跳ね馬にまで危害が及ぶ恐れがある。

盗まれたり傷付けられたりしていないだろうか。

それが唯一の懸念だ。

事件についてはあまり心配していない。

死宮は基本的にいつも事件に関しては楽観的である。

なぜなら名探偵である彼女に解けない謎などないのだから。

「…………………………ちょっと、聞いてる?」

「はい、聞いていますよ」

「本当かしら。上《うわ》の空に見えたけど」

「東~、上の空~。西~、下の海~」

「黙れ」

脇腹に張り手を入れられ悶絶《もんぜつ》する汚野を尻目に、エカチェリーナは死宮を問い詰める。

「もし聞いてたって言うんなら、今私が言ったことを復唱してみなさいよ」

「『これ、紙にでも書かないと、脳内だけで迷宮を地図に起こすのは無理ね。ねえ死宮、何か書くもの持ってない?』」

「うっ、一言一句正確に……。あんた、本当はロボットじゃないの」

「名探偵の頭脳をロボットごときと同列に扱うのは『失礼』ですよ」

考え事をしながら人の話を聞くなど造作もないことである。

「そっち?」

エカチェリーナは呆《あき》れた表情をしてから、咳払《せきばら》いをして本題に戻った。

「とにかく、そういうことよ。それで? 何か書くもの持ってない?」

「生憎《あいにく》持っていませんね」

「すみません、私も……」

万里は申し訳なさそうに縮こまる。

ダメージから復帰した汚野が脇腹をさすりながら尋ねた。

「ヘイ、チェリー。何で俺には聞いてくれないの。書くもの持ってないって」

「だってあんた、いかにも記述なんていう文化的行動とは程遠そうなんですもの。っていうか誰がチェリーよ」

汚野は眉を上げる。

「ユーチューバーが文化的ではない？　ユーチューブは日本が誇る文化ですよ！」

「いや、思い切りアメリカの企業ですけど。ユーチューバーっていうか、あんた個人が文化的ではないって話ね」

汚野は両手の人差し指でエカチェリーナを指差す。

「それ、偏見。そしてズィス・イズ・ア・ペン」

汚野はジャケットのポケットをごそごそ探ると、よれよれの手帳と金属製のボールペンを取り出した。

「じゃじゃーん、動画のネタを思い付いたらいつでも書き留められるように持ち歩いているのさ」

「わあ、すごーい」

「あんた、意外とマメなのね……。まあいいわ。それ貸してちょうだい」

「おっと、その前にワタクシと全世界のユーチューバーに謝罪を……」

「はいはい、すみませんでした」

口調こそ雑だが、それなりに汚野の評価を改めたのか、彼女は丁寧な手付きで手帳とボールペンを受け取った。

「あ、最初の方のページにはネタが書いてあるけど恥ずかしいから見ないでね」

「興味ないし。さーて、どうするかな。一ページにはとても収まりきらないだろうから複数ページに分けて書くしかないか……」

エカチェリーナは通路を行ったり来たりして、時折顔を上げて辺りを見回しては、手帳に細かく地図を書き込むという動作を繰り返す。

バイオリンの弦に鍛え上げられた大きな右手で重厚なボールペンを操る、その様を見ていた死宮はある事実に気付いた。

死宮のような名探偵ならば、迷宮内にいながらにして脳髄の処理だけでマッピングすることなど容易《たやす》いことだ。

だが凡人にとってはどうやらそうではないらしい。

優秀すぎる名探偵だからこそ、その事実に気付けなかった。そう考えると何とも皮肉で面白い。

死宮はふと笑みを漏らした。

「何一人で笑ってるの？　気持ち悪い」

どうやらエカチェリーナに見られていたようだ。

「いえ、何でもありません」

「何か楽しいことでも思い出したんですか？」

万里はそう言って死宮の顔を覗《のぞ》き込む。

「この状況でニヤニヤできるなんて、あんたやっぱりどっかおかしいわよ」

これが笑わずにいられるだろうか。

なぜって今の一連のやり取りには重大な手がかりが隠されていたのだ。

しかも三つも！

もちろんそのことを容疑者に明かすはずもない。

「職業病かもしれませんね」

などと適当にあしらっておく。

死宮は脳内で、エカチェリーナはボールペンと手帳で、黙々とマッピングを進めていく。

その後ろをぶらぶら付いてきていた汚野が、ふと思い出したように言った。

「しっかし、あの武智とかいう爺《じい》さん、本当に達人なんすかねえ」

「え、どういうことですか」

返事をしたのは万里だけで、エカチェリーナはうるさそうに手帳から一瞬顔を上げただけ。死宮に至っては振り向きすらしないが、そんなつれない反応を意に介した風もなく汚野はしゃべり続ける。画面の向こうの見えない視聴者に話しかけることに慣れているからかもしれない。

「ほら、武道の達人って結構眉唾なの多いでしょ。『達人は保護されている』っていう漫画の台詞《せりふ》もあるし」

「うーん、どうなのかなー」

万里が曖昧な返事をしただけ——と思いきや、エカチェリーナが口を開いた。

「儂《わし》は強いんじゃぞっていうマッチョイズムのひけらかしが顕著よね。普通、武道家ってもっと謙虚なもんなんじゃないの」

いくら画面に向かって話すことに慣れているとはいえ、反応をもらえたことはやはり嬉《うれ》しかったらしく、汚野は露骨に声を弾ませた。

「分かるwww　その割に部屋からまったく出てこないしwwww」

エカチェリーナも武智には思うところがあったのか、珍しく汚野との会話を続ける。

「毒くらいで死ぬなんて最近の若者は軟弱じゃとか。お前一遍、本当に毒飲んでみろって」

「絶対死ぬwwwww」

汚野は豚狒々《ブヒヒ》と笑う。

「ちょっと皆さん、悪口はやめましょうよ」

万里が取り成すが、汚野は悪びれない。

「悪口じゃないって。死宮さんはどう思います？　武智ご老公がガチかどうか」

脳内でマッピングを続けながら、振り向かず声だけで返事する。

「さて、どうですか。あまりそういうことに興味がないものですから」

「いや、容疑者の戦闘能力は重要な推理材料でしょ」

エカチェリーナが正論を述べるが、それはあくまで凡人にとっての正論に過ぎない。

「戦闘能力なんて豆知識《トリヴィア》でしかないですね。犯人を制圧する技術をマスターした名探偵に敵《かな》う犯人などいないのですから」

「げえ、こっちもマッチョイズムの信奉者かよ」

エカチェリーナが舌を出す。

と、そこに汚野が忙《せわ》しない口調で割って入ってきた。

「ちょ、ちょ、ちょ、ちょっと待ってください死宮さん。一点だけ。一点だけ確認させてください。今、あなた、ミーノータウロスに気絶させられて捕まったからここにいるんですよね？」

「言えてる」

とエカチェリーナが冷笑する。

容疑者たちが邪悪さを出してきたな——死宮は親切心から会話に乗ってやったことを後悔した。

「確かに事実としてはそうなっているかもしれません。しかしそれは不思議なことでも何でもないのです。いいですか、私を拉致《らち》監禁するまではミーノータウロスは『容疑者』ではありません——私の誘拐事件の容疑者という意味ですよ——そういう人物に対しては名探偵の力も働かないのです。いかに名探偵といえど、起こってもいない事件を未然に防ぐことは不可能ですからね」

死宮は噛《か》んで含めるように説明したが、二人は嘲笑することしか頭にないらしい。

「言い訳乙ｗｗｗ」

「死宮も武智と一緒でエセマッチョか」

「そんなことありません。名探偵は凄《すご》いんですよ」

万里だけが擁護してくれる。

これ以上の問答は面倒だったので、エカチェリーナの口から武智の名前が出たのをいいことに、死宮は強引に話を戻した。

「武智さんの強さについては確かに私も疑問に思っていることがあります。それは彼の肉体です。技術はともかく、肉体の強さは物理的に決まるものです。どうもあの筋肉や骨格から見て、彼が老いてなおそこまでの強さを持っているとは到底思えません」

もっともドア越しに殺気を感じさせたり、こちらの気配を察知したりするなど、只者《ただもの》ではない空気も漂わせているのだが……。

死宮がそう考えた時だった。

殺気。

今思い返したのとまったく同じ殺気が死宮を貫いた。

死宮は反射的に振り返った。

万里と汚野とエカチェリーナが虚飛《キョトン》とした顔で死宮を見返す。

その三人の背後に武智が立っていた。

「よっ」

奇妙に明るい声で武智は汚野の肩を叩《たた》いた。

「うわあっ」

汚野は驚きのあまり腰を抜かしてしまったようだ。

「何でここに?　自室に籠《こも》ってるんじゃなかったの?」

エカチェリーナも驚愕《きょうがく》の表情で尋ねる。

「バカモン!」

少女の矮軀《わいく》が吹き飛びそうなほどの大声に、エカチェリーナは思わず凝《ギュッ》と目をつぶった。

武智は雄弁に語る。

「情報戦という言葉がある通り、戦においては情報が何より重要なのである。よって独り部屋に籠城するなど愚策の極み！　知らぬ間に己以外の全員が重要な情報を共有したり、結託して牙を剥《む》いてきたりするかもしれんからのう。しかしながら逆もまた真なり。己が孤立しているという間違った情報を全員に与えれば、戦を有利に運ぶことができる！　そこで儂は部屋から出たくないとダダをこねるふりをし、その実お主らの後をつけて聞き耳を立てておったのじゃ。そしたらじゃ」

武智は四人を順繰りに睨《ね》め付ける。

「好き放題言ってくれおったのう。え？　儂が弱いだとか、筋肉がないだとか、口が臭いだとか……」

「いや、最後のは言ってないっすよ」

「黙れぃ！」

立ち上がりかけていた汚野に再び尻餅をつかせる一喝。

「言った方はすぐ忘れるじゃろうがな、言われた方はいつまでも覚えている。それが『いじめ』というものじゃ。儂は深く傷付いた。儂が弱いじゃと？　儂がその気になれば、お主らなど一瞬で鏖《みなごろし》にできるのじゃぞ」

「そうやってすぐ凄むのが弱い証拠でしょ」

エカチェリーナがそう揶揄《やゆ》した瞬間。

彼女の体が吹っ飛んだ。

そして背中から壁に叩き付けられた。

「う……あ……が……」

可愛《かわい》らしい少女の声から打って変わって、鼻が詰まったような言葉にならない呻《うめ》き声が上がる。

彼女の顔面は遠目からは何がどうなっているのかよく分からないが、本能的に全身が戦慄するような赤色に変わっていた。

「え、今、何を……」

汚野は咄嗟《とっさ》に状況が理解できないようで、武智とエカチェリーナに視線を行き来させる。

ナマズのように白く長い髭《ひげ》を蓄えた口元が微笑《ほほえ》むために歪《ゆが》んだ。

「知りたいかね。身をもって教えてやろう」

次の瞬間、死宮の視界から汚野の上体が消えていた。

刃誅《バチユン》！　という聞き覚えのある音。

死宮が墜落死の瞬間に居合わせた時にしばしば耳にする音だった。

汚野は壁際に張り付くように倒れていた。

体は人間の形を保っているものの、まるで別の生き物のように奇妙な痙攣《けいれん》を繰り返している。

赤一色の虹が壁に弧を描き、壁に密接した彼の右側頭部に続いている。エメラルドグリーンの髪が血に染まり、黒赤のツートンヘアと化していた。

エカチェリーナは顔面に裏拳を、汚野は右側頭部に蹴りを入れられ、それぞれ壁に叩き付けられたのだ。

死宮はそう判断したが、状況からの推測であり、実際に動きを目視できたわけではなかった。

万里が悲鳴を上げて武智から離れ、死宮の後ろに隠れる。

死宮は背中に守るべき者の存在を感じながら言った。

「随分とお盛んですね」

「ほっほっほ、まだまだ若い者には負けんわい」

「しかし少々やり過ぎなのでは？」

「すまんすまん。何せ久しぶりすぎて加減が分からんわい。いつじゃったかのう……最後に人を殺《あや》めたのは」

「それは自白と受け取っても良いのでしょうか」

「ん？」

武智は怪訝《けげん》そうに死宮を見つめた後、急に両手の平を蚊々《ぶんぶん》と振った。

「ああ、いやいや、そういう意味ではない。お主が言いたいのはアレじゃろ、過去の未解決事件とやらの話じゃろ。違う違う、儂はいずれの事件とも関わっておらん。もちろん大久保《おおくぼ》・白石《しらいし》殺しとも無関係！　儂は凶器や毒になど頼らぬ。武器は己の肉体のみ。それで鍛えた強者《つわもの》どもと果たし合い、結果的に相手を殺めてしまった——それだけの話よ。合意の上での試合の結果じゃ、きゃつらも恨んではおるまいて」

「死人が恨んでいないのは死んでいるから当然ですが——貴方《あなた》の話は矛盾していますね。エカチェリーナさんと汚野さんはどう見ても『鍛えた強者』ではありませんよ」

「まあ、どう見ても違うわな。そういう奴《やつ》らがペラペラ強さについて語るのが許せなかった。儂のみならず、儂が殺めてしまった戦友たちにも失礼な気がしてのう」

「カッとなって暴行を加えてしまったと」

武智は児喝《ニカツ》と笑った。

「そういうことじゃな。それに最近体がなまってきていたから、ここらで一つ大暴れをしたい気分じゃったし」

あの殺意を込めた視線が死宮の心臓を射貫《いぬ》いた。

「お主らならいくら殺しても問題ないじゃろう？　それぞれ凶悪な未解決事件の犯人らしいから」

「そんな……」

万里は声を震わせた。

死宮は冷汗が脇の下を伝うのを感じた。

「なるほど、貴方目線ではそうなるわけですね」

「人を殺めても良心が痛まない『しちゅえーしょん』を設けてくれた美濃《みの》何とかさんには感謝、感謝じゃ」

武智はそう言ってから細《ボソ》と付け加えた。

「ま、奴も後で殺すがの」

「口封じのためですか」

「それもあるし、単純にムカつくわな。人を攫《さら》って閉じ込めて殺し合わせるなど。鬼畜には正義の鉄拳じゃ」

「心情には同意しますがね」

「さて、儂も年じゃから長々と立ち話をするのは疲れる。さっさと始めるとしようか」

武智は片足を半歩前に出し、それと直角を成すようにもう片足を外に向けた。両腕はだらりと脱力しているが、隙はない。

「合気道の基本『半身《はんみ》の構え』ですか」

「ほっほ、よく知っておるな。じゃが構えは基本でも、儂の合気は型破り。ぱんちもきっくも有りの総合格闘技じゃ」

「それは恐ろしいですね。上田さんは逃げてください」

「でも――」

「早く！」

「は、はい！」

万里は曲がり角の向こうに走り去った。

武智はその背中を見送って言った。

「まあ、あのお嬢さんは儂の悪口を言ってなかったようだから、見逃してやってもいいじゃろ」

鷲《わし》のような目が死宮を射竦《いすく》める。

「お主は悪口言ってたから許さんがな」

死宮も構えを取る。シャーロック・ホームズから一子相伝で受け継がれているというバリツの構えだ。

「ほう、女だてらに相当腕が立つと見える。少しは楽しめそうじゃわい」

「ご期待に添えるかどうか」

「謙遜しおって」

「いえ、私が強すぎて瞬殺されてしまった貴方が楽しめないのではないかと懸念したのです」

「なるほど、煽《あお》りも上手《うま》い。おかげで儂も……カッとなってしもうたわあああああああーっ」

武智が消えた。

そう思った時には、一瞬で距離を詰められていた。

鳩尾《みぞおち》に、突き。

それだけ認識した脳が反射的に腕を交差させた。

その交点に拳が突き刺さる。

激痛、そして骨が軋《きし》む音。

突如、両側の壁が勢い良く前方へと滑っていく。

否、自分が後ろに吹っ飛ばされているのだ。そう気付くのに時間を要した。

死宮はステップで体勢を立て直そうとした。

だが地に足が着かない。

何と信じられないことに宙に浮いている。

そのまま背中から激しく壁に叩き付けられた。

吐き出した血飛沫《ちしぶき》が、霞《かす》んだ視界を舞う。

その中を猛烈な勢いで突進してくる人影。

死宮はよろめきながら立ち上がった。

武智はもう必殺の間合いに入っている。

罰罰罰《バチバチバチ》！

肉が肉を打ち据える音が迷宮に響き渡る。

「ほれほれ、どうした？　筋肉も！　骨格も！　まるで足りんではないか！」

武智は先程の意趣返しを口にしながら、サンドバッグのように死宮を殴り続ける。

死宮はガードだけ固めると、通路を後退しながら、じっと反撃の機会を窺《うかが》った。

確かにスコールのごときラッシュだ。

だが止《や》まない雨はない。

雲の切れ目から日が差すように、武智の隙が見えた。

刹那、死宮は動いた。

目突き。

死宮の二本の指が武智の眼球を穿《うが》ち抜いた——はずだった。

「阿呆《あほう》が。かかりおったわ」

突き出した腕が岩尻と摑《つか》まれていた。

「罠《わな》——」

「目突きなどという奇策が通るわけなかろう。まだまだ青いな」

死宮の体がふわりと浮いた。

打撃の対処に追われて忘れかけていたが、そういえば武智の専門は合気道——。

天と地が数度反転した。

全身がどこか平面にぶち当たった後、跳ね返って別の平面上に転がった。

これは床か？　壁か？　天井か？

それすら分からない。

荒波を行く船の甲板で横たわっているかのように視界が揺れている。

強い！

これほど強い相手と戦ったことはない。

テロリストのアジトで乱闘した時も。

洗脳された友人の警部と一対一で戦った時も。

バリツの継承権を得るためのトーナメントに参加した時も。

ここまで苦戦はしなかった。

武智玄才。

間違いなく名探偵死宮遊歩史上最強の敵だ。

「何じゃ、もう終わりか？　最近のおもちゃは脆《もろ》いのう。まあー、仕方ないか。どれ、今楽にしてやろう」

浸々《ひたひた》と死の足音が近付いてくる。

起き上がらなければ。

だが起きろ、起きろと念じても体は一向に動かない。

このままでは死んでしまう。

いや——ここまで動けないということは、もしかしたらもう死んでいるのかもしれない。

だとしたらどうする？

だとしたら——そこまで考えたところで、ふっと気持ちが楽になった。

それならそれでいいかもしれない。

別に事件の謎が解けなかったわけではない。
名探偵としての敗北ではない。
死宮遊歩はこれまで常に楽観的だった。
そしてこれからは——何もない。
ただ虚無の闇が広がるのみ。
闇が視界を覆い隠す。
闇が矜持《きょうじ》を包み込む。
闇が意識を塗り潰す。
闇。闇。闇。
ただの闇。
そこには何も存在しない。
魅力的な謎も。
犯人も。
名探偵も。
——メイタンテイ?
闇に一欠片《ひとかけら》の光が煌《きら》めいた。
何だ、その単語は。
どこか聞き覚えがある。
意味などとうに忘れてしまった。

だが彼女にとってとても大切な言葉だったという記憶だけは残っている。
きっと手放してはならない。
彼女は光に向かって手を伸ばした。
光がどんどん近付いてくる。
光がどんどん大きくなる。
光がどんどん眩《まぶ》しくなる。
そして闇をかき消した。
「名探偵でないなら私でない！」
死宮は吠《ほ》えながら跳ね起きた。
闇に名探偵が存在しないなら、それに呑《の》まれるわけにはいかないのだ。
その時、人生の再開を告げる号砲のように乾いた音が鳴り響いた。
これもよく聞き慣れた音だ。
銃声。
ぼやける視界の中、武智の体が横回転しながら倒れていく。
そして今、完全に倒れ伏した。
迷宮の床に赤い液体が広がっていく。
それから、何か硬いものが床に落ちる音がした。
——左足だ。
誰かが左足で銃を蹴った。

霞む目が捉えた光景はほぼシルエット同然で、靴や服装から行為者は特定できない。

何者だ？

確かめようとした瞬間、死宮は目眩《めまい》に襲われた。

数秒、意識を失いかける。

再び目を開けた時には、迷宮はすっかり静けさを取り戻していた。

死宮は壁に手をつきながら武智の方に向かうと、脈を取った。

すでに事切れていた。

赤い液体は言うまでもなく血であった。

死宮遊歩最大の敵は斃《たお》れた。

彼女以外の何者かの手によって。

「あの、今の音って銃声……ですよね？」

突然、怖々《おずおず》と尋ねる女性の声がした。

死宮は弾《はじ》かれたように顔を上げると、声のした方を見た。

迷宮の通路の先に、逃げたはずの上田万里が立ち尽くしていた。

迷宮牢の殺人5

武智玄才《たけちげんさい》との格闘中、そして不覚にも打ち倒されてから、混沌の迷宮を彷徨《さまよ》うがごとく方向感覚を喪失していた死宮遊歩《しのみやゆうほ》だったが、ようやく清明な意識が戻ってきた今、すべての要素が惑星直列のように一直線に並んでいることに気付いた。

二つの曲がり角を結ぶ、脇道のない長い廊下。

その真ん中付近の床に、死宮は膝を突いている。

その側《そば》には、恐るべき合気道の神業で彼女を苦しめた武智が横様に倒れている。死宮がすでに死亡を確認したその肉体の何処《いずこ》からか、今も新鮮な血が流れ出している。

また、血溜《ちだ》まりの外に回転式拳銃《リボルバー》が落ちていた。

武智は自殺したのか？

否。

格闘で三人を昏倒《こんとう》させ、全員の生殺与奪の権を握っていた人間が突然自殺したなどという不自然な考え方をするほど、死宮は脳震盪《のうしんとう》を起こしてはいない。

それに——。

とめどなく溢《あふ》れる血は、どうやら作務衣《さむえ》の背中に空いた穴から流れ出しているようだった。銃創だ。

懐《ふところ》に手を入れて体の前面を確認するが、銃弾は貫通していない。

つまり武智は背中を撃たれた。

自分で自分の背中を撃つのはまず不可能だろう。

よって他殺ということになるのだが、問題は銃弾がどちらから飛来したかである。

死宮は片方の曲がり角を見やる。そこには上田万里《うえだまり》が立っており、おっかなびっくり死宮と死体に視線を送っている。

もう片方の曲がり角は？

汚野《きたの》☆ＳＨＯＷ《シヨウ》とエカチェリーナ冬木《ふゆき》が壁に寄りかかって倒れている。先程、武智に暴行を受けた時と同じ体勢や血の飛び散り方に思える。もっともあの時は死宮も武智に全神経を注がなければならなかった都合上、そこまで記憶が定かなわけではない。また多少動いていたとしても、即座に犯行に結び付けるよりも、激痛の中で苦悶《くもん》反転したと考えるのが妥当だろう。

死体の向き次第では話は簡単だった。例えばうつ伏せで頭が汚野とエカチェリーナの方向を向いていたとすれば、撃たれた時背中は十中八九万里の方を向いていたはずだから、万里が犯人と断定して差し支えないだろう。

だが不幸なことに、死体は横様に倒れ、背中を側壁に向けている。

そういえば覚醒直後の朦朧《もうろう》とする意識の中、死宮は見た。武智が横回転しながら倒れていくところを。着弾の衝撃だろう。そのせいで射撃方向が分からなくなってしまった。

連鎖して断片的に記憶が蘇《よみがえ》ってくる。

確かその直後、硬いものが床に落ちる音がして、それから――そう、誰かが左足で銃を蹴ったのだ。

おそらく犯人は死宮が目覚めたのに気付いて、嫌疑を逃れるべく咄嗟《とっさ》に銃を床に放り投げて蹴飛ばした。銃は迷宮の床を滑り、死体の側で止まった。そのようなところだろう。

ちなみにリボルバーは発砲時に排莢《はいきょう》を行わないので、空薬莢の処分を気にする必要はない。弾倉をチェックすると、一発だけが発砲されていた。

さて、射殺から続く一連の動作を行ったのは、残る三人の容疑者のうち誰なのか。

死宮はしばらく放置していた万里に向き直る。

「上田さん、逃げてと言ったのに」

「すみません、どうしても心配になって戻ってきてしまいました」

「武器でも持ってきてくれたんですか」

「あ、いや、そういうわけでは――ごめんなさい」

「何だ、てっきり貴方《あなた》が金庫から銃を持ってきて助けてくれたのかと思ったのですが」

万里は慌忙《あたふた》と弁解する。

「銃って――やっぱりさっきの音は銃声だったんですね。武智さんが撃たれたんですか？　私――私はもちろん何もしてませんよ。音がしたから恐る恐る角を曲がったらこんなことになっていたんです」

「そうですか――。ひとまずその答えで信じておきましょう」

死宮は剤《クル》と踵《きびす》を返す。

汚野とエカチェリーナはまだ起きてこない。よほど打ち所が悪くない限り、まさかあれしきで死にはしないだろう——死宮は強者《きょうしゃ》たる自分基準でそう考える。

気絶しているだけのはずだ。

もしくは気絶したふりか。

片方がもう片方に気付かれないよう武智を射殺し、銃を蹴り飛ばした後、また気絶したふりに戻る。ありそうなことだ。

ひとまず二人を起こそう。

死宮は二人に歩み寄り、容態を観察した。

息はある。

出血こそしているが、傷は深くなく、命に別状はなさそうだ。

死宮は二人を交互に揺すって起こした。

「うーん……」

「いててて」

「気が付いたようですね」

死宮が声をかけると、エカチェリーナはまるで電気でも流れているかのように壁から身を離した。

彼女は怯《おび》えた目で死宮を見上げ、それから激しく周囲を見回した。

「あいつは？　武智は？」

「おい、あれ——」

先に死体を見つけたのは汚野だった。彼の人差し指が示す先にエカチェリーナも目を向ける。

「ご安心を。狼藉者《ろうぜきもの》は私が成敗しておきました——と言いたいところですが、残念ながら横槍《よこやり》が入ったようでしてね」

死宮は経緯を説明する。

「というわけで、貴方がた三人の誰かが射殺犯と思われます」

「四人でしょ」

エカチェリーナがハンカチで鼻血を拭いながら言う。

「勝手に自分を除外しないでよ」

「貴方がた目線ではそうなるでしょうが、私目線では自分が犯人ではないのは自明なので敢《あ》えて含めなかっただけですよ。それがおかしいと思うなら、貴方も推理を行い『探偵』のステージに立てばいいだけです。もっとも、ただの『探偵』では『名探偵』に勝つことはできませんが」

「何を偉そうに。横槍とか言ってたけど、話をよく聞いてみりゃ、あんたはただ武智にボコられてただけじゃない。誰かが銃を撃たなきゃ、今頃全員あのイカれたジジイに殺されてたかも」

死宮が抗弁する前に、汚野も参戦してくる。

「ってことは銃撃った奴《やつ》は正義の味方的な奴？　だってそいつがその気になれば、俺ら全員射殺することもできたわけだし？」

「そういえばそうですよ」と万里も話に参加する。「犯人はなぜそうしなかったんでしょう」

「だからやっぱり正義の味方なんすよ。武智が暴れ出したから仕方なく殺したけど、本当はデスゲームになんか参加したくない系の」

それからしばらく三人は射殺犯の目的について議論していたが、死宮は左から右に聞き流していた。

彼女はあまり犯人の心理というものに興味がなかった。所詮、人の心など如何様《いかよう》にも解釈できるからだ。

それより重視すべきはやはり物的証拠である。

先程から死宮の脳裏では同じ記憶ばかりが繰り返し再生されていた。

犯人が左足で拳銃を蹴飛ばした光景だ。

それがどうしたというのか。犯人が咄嗟に凶器を自分から離そうとしただけではないのか。それ以上の何かがあるとでも――。

その時、いかなる拍子か、まったく別の記憶が転がり出てきた。

爆弾が爆発した直後。

大久保番《おおくぼばん》の部屋。

床の中央に点在する嘔吐物《おうとぶつ》の区画の右手前と、左奥が、半円形に抉《えぐ》れていた一件だ。

二つの光景は一見、何も関係なさそうに見える。

だが名探偵の眼《まなこ》はその裏に隠れた共通点を見逃さなかった。

「なるほど、そういうことですか」

三人が議論をやめて死宮を見る。

「また意味深なこと言ってらw」

「意味深なだけなのよね」

「いえ、きっと死宮さんには深い考えがあるはずです」

「もちろんです。しかし、それを話す前に終わらせておかなければならないことがあります。武智さんに邪魔をされてしまいましたが、迷宮のマッピングをやってしまいましょう」

＊

「……これで完成ね」

さらなる探索の末、エカチェリーナがメモ帳から顔を上げた。目には疲労が見て取れるものの、顔にはやり遂げたような充実した表情が浮かんでいる。

「やりましたね！」

「俺たちが今いる十字路が？」

「ここね」

エカチェリーナはペン先で地図上の一点を差す（※巻頭図A地点）。各自の部屋のドアを目印に地図を埋めていったため、どの部屋を繋《つな》ぐ動線上にもない、地図における右下の区画が最後になったのは必然であった。

「拝見しても？」

死宮はエカチェリーナから汚野のメモ帳を受け取った。待望の地図が複数ページにわたって細かく書き込まれていた。

「ご苦労様です」

死宮はメモ帳を返さず自然な手付きでスーツの内ポケットに入れると、同じポケットから別のものを取り出した。

武智の死体の側に落ちていたリボルバーだった。

「では、貴方がたには死んでいただきましょう」

文化祭のために夜遅くまで居残りしてようやく一つのものを作り上げたというような、現実逃避的にでもそういう風になっていた空気が一変した。

「——どういうことですか」

「見ての通り私が犯人だったということです。探偵が犯人であることは珍しくないと言ったでしょう、上田さん」

「しまった、そういえば銃は死宮が回収したままだったんだ。本体と弾丸を別々の人が管理するとかしておけば。普段の私なら絶対に気付いていたのに、武智から受けたダメージのせいで……」

「言い訳がましいですよ、エカチェリーナさん。名探偵はいかなるコンディションでも最高のパフォーマンスを発揮するもの。貴方は十把一絡《じっぱひとから》げの被害者の一人に過ぎなかったというだけの話です」

「じょ、冗談っすよね？ w」

「冗談ではありませんよ。その証拠に……」

死宮は発砲した。弾丸は汚野の脇を掠《かす》め、壁に穴を空けた。

その後は阿鼻《あび》叫喚だった。

三人は一斉に同じ方向に逃げ出した。地図で言えば左だ。

そちらには袋小路がいくつかあるだけだ。武器が保管されているかもしれない部屋や、いつまでも逃げ回れるループ構造などといったものがないことはマッピングにより判明している。彼らもそのことは承知の上だろう。だが銃を持つ死宮から遠ざかるなら、そちらに逃げ込むしかない。そういう位置取りを心がけた。

彼らは袋の鼠《ねずみ》だ。焦ることはない。死宮はすぐに追わず、二人が曲がり角の向こうに消えてから悠然と歩き始めた。

とはいえ、行く手も一本道ではない。曲がり角のみならず数度の丁字路が出現する。道を誤れば、選ばなかった方の道から獲物が逃げ出すかもしれない。片方の道を選ぶふりをして素早くもう片方の道に取って返すなどのフェイントで、獲物をおびき出すべきか――。

いや、どうしたわけだろう。死宮の足取りに一切迷いは感じられない。どちらに曲がるかを即断し、図々《ズンズン》と進んでいく。

ふと壁の向こうから女性二人の声が聞こえてきた。

「行き止まり――」

「静かに！　あいつに聞こえる」

死宮は笑みを漏らす。もう聞こえていますよ。

彼女はメモ帳を出して地図を見ると、声が聞こえてきた方向から、万里とエカチェリーナがいる場所を推測した（※B地点）。

そちらに向かうには引き返す必要があるが、なぜか死宮はそのまま歩を進める。

すると別の袋小路に行き当たった（※C地点）。

そこにいたのは汚野だ。

彼は死宮に気付くと、今にも泣き顔に変わりそうな弱々しい笑みを浮かべた。

「命だけはカンベンしてください」

死宮は銃口を汚野に向けると、こう言った。

「貴方が犯人だったのですね、汚野☆ＳＨＯＷさん」

捜査

「まさか汚野が犯人だったなんて。おちゃらけた雰囲気にすっかり騙されました」

森ノ宮切は季節のデザートである苺《いちご》のショートケーキを頰張りながら、感嘆の声を漏らした。

「だから声が大きいですって」

死宮は周囲を窺った。

入り口付近の青年客は新聞に飽きたらしく、ぼんやりと外を眺めている。

森ノ宮は口を押さえた。

「すみません、私ったらまた」

「ま、いいですけどね……。それより重要なのは『汚野が犯人である』ことではなく『なぜ汚野が犯人なのか』ということです」

「ここまでの話でそれが分かる……んでしょうね、きっと」

「ええ。決め手になるのは警察の方々もよく知っている論理です」

「えー、何でしょう」

考え込む森ノ宮を、死宮は愉快な気分で眺めた。

迷宮牢の殺人6

「俺が犯人って。なんかそういう証拠あるんですか？　っていうか人に銃向けてる死宮《しのみや》さんの方がずっと犯人でしょｗｗｗ」

「ああ、これは犯人を炙《あぶ》り出《だ》すために使っただけですよ」

「炙り出す？」

「犯罪捜査において利き腕という概念は頻繁に——頻繁過ぎて胸焼けがするほどに——持ち出されます。ですが『利き足』については見落とされがちです」

汚野《きたの》☆ＳＨＯＷ《シヨウ》は虚を衝《つ》かれたような顔をした。

「利き足……っすか？　俺、自分の利き足がどっちかなんて知らないっすよ」

「体育でサッカーや幅跳びをやる時に意識しませんでしたか」

「やめて、体育とかトラウマが……！」

汚野はおどけたように顔の前で両手を披露々々《ひらひら》させたが、死宮が無言で銃を向け続けているのを見て真顔に戻った。

「マジレスすると昔のことすぎて覚えてないっすよ」

「まあ、そんな人も多いでしょうね。貴方《あなた》のそれも嘘《うそ》ではないのでしょう。ですが意識していなくても特定の動作の際に利き足は立ち現れてくるものです」

「例えば？」

「例えば物を蹴る時は利き足を使います。武智《たけち》殺しの際、犯人は左足で拳銃を蹴って死体の側《そば》まで移動させました。凶器を自分の側から離さなければならなくなった犯人が咄嗟《とっさ》にしたことなので、偽装工作の入る余地はありません。よって武智殺しの犯人の利き足は『左』だということになります」

「はえー」

「話は変わりますが、爆発の直後、私たちで大久保《おおくぼ》さんの部屋を訪れましたよね。実はあの時、一回目に私が訪問した時と比べて、部屋のある部分に変化があったのです。具体的には、床に点在する嘔吐物《おうとぶつ》の区画の右手前と左奥が直径七センチほどの半円形に欠けていたのです」

「口で言われても映像が思い浮かばないっすけど――っていうかゲロなんか思い浮かべたくもないっすけど――そんなの爆風で吹っ飛んだだけじゃないっすか？」

「爆風でそんなピンポイントには欠けませんよ。私の一回目の訪問と二回目の訪問の間に、大久保さんの部屋に入ったと証言する者がいない以上、それは犯人が残した痕跡としか考えられません。では何の痕跡か？　それは犯人が取った行動を想像すれば見えてきます」

「想像してごらん」

汚野が茶化すように言った。何か元ネタがあるのだろうか、「イマジン」の和訳か。興味がない死宮は無視して続ける。

「犯人は壁越しに白石《しらいし》さんを爆殺するために、大久保さんの部屋の奥の壁に爆弾をセットする必要がありました。ですが部屋の中央には、大久保さんの肥満体と嘔吐物。死体を踏んで足場にするのは、物証が残るかもしれないし、心理的抵抗もある。そこで犯人は嘔吐物を飛び越えることにした。しかし助走も取れない室内では上手《うま》く飛ぶことができず、踏み切り時と着地時に嘔吐物を踏んでしまった。それで靴の形である半円形に嘔吐物が欠けたのです」

「汚っ」

「幅跳びなどの跳躍をする際、利き足とは逆の足＝軸足で踏み切り、利き足を振り上げて飛ぶのが常です。右手前と左奥を踏んづけたということは、白石殺しの犯人の利き足も『左』だということになります。これは往復どっちに踏んだ場合でも変わりません」

「俺の利き足、どっちかなー」

汚野は両足でそれぞれ何かを蹴る仕草をする。

「それは私が知っていますよ。逃走する犯人は丁字路に差しかかると八十パーセントの確率で左折するという法則をご存じですか」

「あー、それは何か聞いたことあるような、ないような」

「警察官の間でもよく知られているこの法則は、決してオカルトではなく科学的根拠があります。キックの時もジャンプの時もそうですが、人間は軸足で踏ん張って利き足を大きく動かす方が安定します。だから角を曲がる時も、無意識のうちに軸足を回転軸にして、利き足を大きく動かす方向――すなわち利き足と逆方向に曲がりがちなのです。多くの人間の利き足は右なので、犯人も左折する確率が高いというわけですね」

「へえへえへえ～」

「余談ですが、この左回りの法則はいろいろなところで使われており、陸上競技のトラックは左回りだと決められていますし、店などの動線も左回りに設定されていることが多いですね。逆にお化け屋敷などは敢《あ》えて右回りにすることで客に違和感を与えるという心理的演出を仕込むこともあるようです」

「タメになったねえ～。あ、でも待ってくださいよ。そもそもこれって何の話でしたっけ。俺の利き足の話でしたよね。何か関係あんすか」

「もちろんです。この袋小路が地図上でどこに位置するか把握していますか。私が貴方がたを銃で脅した場所から、丁、字、路、に、差、し、か、か、る、た、び、右、折、の、み、を、選、択、す、る、こ、と、四、回、で、到、達、す、る、場、所、な、の、で、す。たとえ右利きの人間でも最初の一回くらいは二手に分かれるなどの理由で右折することはあるかもしれないが、それが四回も続く可能性は極めて低い。したがって貴方の利き足は『左』ということになります」

おしゃべりの汚野が珍しく言葉を失っている。

「ちなみに上田《うえだ》さんとエカチェリーナさんは丁字路を四回左折した袋小路に入ったようなので、彼女らの利き足は『右』と考えられます。生き残っている容疑者三人のうちで、利き足が『左』なのは貴方だけ。ゆえに貴方が犯人です」

汚野はようやく口を開いた。

「相変わらず自分を都合良く除外してるっすね」

「私は終始上田さんと行動していて、大久保殺し・白石殺しともにアリバイがありますからね。まあ共犯を主張なさるなら……」

「あー、アリバイね。そういえばありましたね。いや、何も死宮さんを犯人にしたいわけじゃないのよ。だからといって俺が犯人なのもどうなのって話で。自分の利き足が左とか正直知らないっすけど、死宮さんの言うことが正しいなら、あの女医——やべ、名前忘れたｗｗｗ」

「白石さんです」

「そう、白石。白石を爆殺したのも、武智の爺《じい》さんを射殺したのも、両方俺ってことになるんすよね」

「はい、その通りです。加えて大久保さんを毒殺したのは、白石さんの部屋に隣接する壁に爆弾をセットするためだと思われるので、大久保さんの毒殺も貴方の犯行でしょうね」

「いや、あり得なくないっすか。六つの未解決事件の犯人に一つずつ凶器が支給されてるんすよね。何で俺だけ毒も爆弾も銃も使い放題なの？」

そこで汚野は何かに気付いたように手を打った。

「あ、分かった。こう言いたいんでしょ。まず俺に支給された凶器は毒だった。それで大久保を毒殺し、彼の金庫から奪った爆弾で壁を爆破。それで白石を殺害し、彼女の金庫から奪った銃で武智を射殺——でもそれ無理！　あんたも見たでしょ。白石の金庫は開いていなかった。白石を脅して開けさせた？　そこまで接近できたなら壁越しに爆破とか、まだるっこしいことする必要ないでしょ。だから俺がそんなたくさん武器持ってるはずがないの。分かる？」

「そんなややこしい手順を踏む必要はありませんよ。もっと単純な話です。あなたは最初から六種類すべての凶器を所持していた」

「は？　いやいやいや、どゆこと？」

「エカチェリーナさんが迷宮の地図を書きたいと言って、貴方がボールペンと手帳を渡したことがありましたよね」

死宮は一見無関係とも思える話題を持ち出した。

「それ質問の答えになってます？」

「人の話は最後まで聞くものですよ」

「怒られちったｗ」

「あの時、私はその何気ない光景に三つもの手がかりが隠されていることを見抜いたのです」

「いや、普通に渡しただけですがｗ」

「一つ目の手がかりは、犯人はどうして大久保さんと白石さんの部屋が隣接していると分かったのかということです。地図を平面で見ていると勘違いしてしまいがちですが、普通に迷宮を歩いているだけでは到底気付けないでしょう。犯行前に詳細なマッピングをする時間もありませんでしたしね。ではなぜ犯人は壁越しに爆殺するという発想が出てきたのか。それは犯人が、あらかじめ迷宮の地図を把握していたからに他なりません。犯人は最初から運営側の人間だったのです」

「運営？　ってことは、あのミノ何とかって奴《やつ》と共犯ってこと？」

「もっとシンプルに、ミーノータウロス本人という可能性も充分ありますね。あんな放送、リモコンかタイマーで録音を再生すればいいだけですから。二つ目の手がかりは、貴方が本来ならあり得ないはずの金属製のボールペンを所持していたということです」

「ペン持ってるのあり得ないとか偏見ヤバすぎｗ　動画のネタ書き留めるためって言ったでしょｗ」

「普段ならそれでいいですが、今はこういう状況。ルール外の武器や自殺に使える金属製のボールペンを運営が没収しないわけがないんですよ。実際、私も護身用のスタンガンを取られていましたしね。それをされていない時点で、先程の推理で導き出した『運営側の人間』とは貴方になるのです」

一瞬、汚野の顔に暗黒が見えた気がした。

「いやー……運営が犯人で？　ルール説明は全部嘘で？　それじゃデスゲームにならんでしょ。推理小説じゃ金返せってレベルっすよ」

「ふむ、やはり貴方は自分のゲームにこだわりがあるタイプの人間なのですね」

「揚げ足取り乙ｗｗｗ　自分のゲームじゃないからｗｗｗｗ　あくまで一般論としてｗｗｗｗｗ」

「ご安心ください。私はあなたがフェアなゲームマスターだとちゃんと理解していますよ」

「話聞いてないｗｗｗｗｗｗｗ」

死宮は汚野の馬鹿笑いを打ち消すために一際声を張った。

「ルールの説明に嘘はありませんでした！　ミーノータウロスはこう言いました。

『これら六つの事件の犯人が諸君の中に紛れている』

『犯人の自室の金庫には、各事件にちなんだ武器が入っている』

それを聞いた私たちはこう考えました。未解決事件の犯人一人ずつに一つずつ凶器が支給されたのだと。ですがそれは先入観から来る誤認だったのです。未解決事件が六つあっても、犯人が六人いるとは限らない。すべての未解決事件が同一犯によるものなら？　その一人の金庫に六種類の武器すべてが支給される。ルールを字義通り解釈すればそうなります」

「そんなの他の六人の誰かが『自分の金庫は空《から》だった』って言えばすぐバレる話じゃないすか」

「それが心理的にできないのがこのゲームのよく出来たところです。未解決事件が六つなのに対して、プレイヤーは七人。無実の六人はみんなこう思い込んでいます。『自分以外の全員が凶悪事件の犯人なのだ』と。その状況で金庫が空だと明かしてしまえば、対抗手段がないことがバレてしまい、集中的に狙われてしまう。だから武器を持っているふりをするしかない」

「それ最初に言ったのはチェリーちゃんでしょ」

「誰も気付かなければ貴方が言い出すつもりだったのでしょう」

「つもりつもりってw」

「貴方の思惑通り、我々は自分以外の全員を警戒して、互いに牽制《けんせい》し合うことになった。ですが実際はすべての凶器は貴方のもとに集まっていた。そう、六つの未解決事件はすべて貴方の犯行なのです」

*

汚野の下卑た笑いが浸《ピタリ》と止《や》んだ。

かと思うと、すぐに再開した。

「そうそう、その言葉を待ってたんすよ！　六つの未解決事件、全部俺の仕業なの！　いやー、これずっと誰かに言いたかった。だって日本人なら誰もが知ってるあの有名事件が全部『俺』の仕業なんだぜ？　そんでまだ捕まってないんだぜ？　凄《すご》くね？　天才じゃね？」

「個々の事件の動機は何なんです？」

「そりゃもうチャレンジよ。ゲームですよ。ハイスコア狙い、四億ゴールドゲット、五十五キル達成！　この脳汁ドバドバ感味わったら、もう普通のゲームできませんよ。ゲーム内で人撃って何が楽しいの？　ゲームを捨てよ、町へ出よう。そして現実の人を撃て！　そう言いたいね」

　そこで汚野は少しトーンダウンした。

「でも最近は少し空《むな》しくもなってきてね。俺はこんなに凄いのに、表舞台じゃ迷惑系ユーチューバーとかいう小物扱い。同じアウトローでも、もっと大犯罪者なのに。何とかしてそれを分からせたい。くそー、事件現場に署名的なものを残しとけばなー、とか後悔しても後の祭り。

　そこで俺は考えた。四億円事件やS市一家殺害事件でゲットした資金で廃遊園地の迷路を改装し、そこに名探偵死宮遊歩《ゆうほ》たちを拉致《らち》ってデスゲーム。果たして汚野☆ＳＨＯＷは自分が六つの未解決事件の犯人であることを気付かれずに全員を殺害できるのか⁉　あ、デスゲームの光景は迷宮内のあちこちにある隠しカメラで撮影されて、後日編集の上、全世界に公開される予定でーす」

「それだと汚野☆ＳＨＯＷが犯人だと分かってしまいますが」

「んー、そこよね。自分のアカウントで上げると、自分が仕掛け人だと丸分かり。かといって別名義で上げると再生数稼ぐのが大変だし、結局ユーチューバーである俺が怪しいことには変わりないでしょ。そこは今考え中」

「そういう意味ではなく、貴方が犯罪者だとバレて警察に追われるということです」

「あ、そっちｗ　それはもう逃亡編の開始っすね。なるべく多くの人に知ってもらうにはそうするしかない」

「なるほど、動画を上げると聞いて、白石さんに白衣を着せた理由が分かりましたよ。あれは彼女の職業を視聴者に分かりやすくするためだったんですね」

「そそ、登場人物が多いからね。あと単純に白衣の方がコスプレ的で喜ぶ視聴者もいるだろうし。この辺の心配りが人気の秘訣」

「私としたことが、白衣の話を聞いた時に『見世物』の可能性をもっと意識しておくべきでしたね。そうしたら、その時点でユーチューバーである貴方を疑うこともできたかもしれません。いや、しかし、さすがに自分が犯罪者だと露見する動画を上げるのは想像の埒《らち》外か――。よく分からないのですが、その覚悟があるなら、最初から自白動画を上げるだけでいいのでは?」

汚野はいきなり噴き出した。

「死宮さん、あんたやっぱり人間の心分かってないよwwwww　迷惑系ユーチューバーがいきなりそんな動画上げても『嘘乙』ってなるだけでしょーが。警察に目付けられるだけでオワオワリ。だからデスゲームをする必要があったんですね。出演者には命懸けで、視聴者には面白半分でも、まず推理してもらう。そして『未解決事件の犯人は一人ずつ』という先入観を持ってもらった上で『六つの未解決事件は同一犯』というどんでん返し!　その正体は俺!　どーだ、すげーだろ!　実際凄いと思ったでしょ、真相に気付いた時。驚いたでしょ」

「名探偵の辞書に驚くという言葉はないですね。すべての真相はただ必然的にそこにあるだけなのです」

汚野は耳をほじりながら言った。

「ハイハイ、スゴイスゴイ。そんなに凄いなら、きっと第一の事件の真相も分かってるんでしょうね。一応聞いとこっかな。俺がどうやって警戒している大久保を密室内で毒殺できたか」

「確かに青酸カリで殺すのは難しいでしょうね。でもそれ以外の毒なら？」

「いや、ルール分かってます？　犯人に支給されているのは青酸キャンプ事件の毒だけで……」

「それが貴方の罠《わな》だったんですよ。しかしフェアプレイを重んじる貴方は同時にヒントも与えていた。ミーノータウロスが六つの事件を列挙した時、時代順と言っているのに青酸キャンプ事件が最後に来るのはおかしいという話を皆でしましたよね」

「そんなこともあったかのう」

「あくまであの順番が正しいとすれば、答えは一つしかありません。このゲームにおける青酸キャンプ事件は、皆が知っている十五年前の青酸キャンプ事件とは違うのです」

「似たような事件があった……ってコト⁉」

「はい、私と上田さんはそれをつい最近のニュースで見ました。そして白石さんはその時、救急の手伝いもしているのです。その事件とは、プロ野球選手の合宿場に毒ガスが撒《ま》かれた事件。プロ野球の合宿も『キャンプ』と呼ぶことはご存じですか」

「ま、それくらいはね」

「そして使われた毒ガスが青酸ガスだったとすれば？　青酸ガスは青酸カリが胃酸と反応して発生するだけではなく、それ単体でもナチスのガス室やオウム真理教のテロで採用された猛毒です。野球のキャンプに青酸ガスが撒かれて有名選手が何人も死んだとなれば、第二の『青酸キャンプ事件』と呼ぶにふさわしい大事件と言えるのではないでしょうか」

「実際にそう呼ばれてるんすか？」

「そこはさしたる問題ではありません。どの道、事件名など警察が付けた長ったらしい正式名称を持ち出さない限り、すべて俗称に過ぎないのですから。また、まだ犯人が捕まっていないのだから、定義上は『未解決事件』と呼ぶことも可能です」

「起きたばかりの事件を未解決事件って言われたら警察もキツいでしょうねw」

「十五年前の青酸キャンプ事件は知りませんが、第二の青酸キャンプ事件は貴方の仕業です」

「デスゲーム前日に忙しくないですかw　何かメリットあるんですかw」

「武器を誤認させることが可能です。ミーノータウロスは『青酸キャンプ事件の犯人には青酸が与えられる』としか言いませんでした。皆は十五年前の事件で使われた青酸カリを思い浮かべますが、実際に支給されるのは野球合宿に撒かれた青酸ガス。固体の毒を警戒させておいて気体の毒で不意打ちすることができるという寸法です」

「でも毒ガスとか簡単に言いますけど、毒ガスで殺すのって意外とキツくないっすか？　大久保を殺すために室内に充満させるなら、かなりの量が必要になる気がするんですけど。そんなのどうやって持ち運んだんだって話ですし、仮にできたとしても、最初に部屋に突入した死宮さんも死んでるはずでしょっていうw」

「工夫すれば、室内に充満させなくても少量で済みますよ。貴方は細長いストローが付いたスプレー缶を使って、ドアの下の隙間から大久保さんの部屋に青酸ガスを注入した。それからドアをノックし、ドアの下の隙間から一枚の白紙を入れます。そうそう、さっき言った三つの手がかりのうち最後は、貴方が手帳を持っていたということですね。貴方は手帳の一ページを破り、これに使用したと思われます」

「それで？」

汚野は続きを促す。

「ノックでドアの側まで行った大久保さんは、ドアの下の隙間から紙が差し込まれたことに気付きます。バリケードに使っているテーブルはガラス製ですから、天板越しにそれが分かるわけです。他のプレイヤーからのメッセージかもしれない。そう思った彼は四つん這《ば》いになって、テーブルの下に頭を突っ込み、紙を拾おうとして——ドアの側に充満していた青酸ガスを思い切り吸い込んでしまったのです」

「あら、大変」

「彼は反射的に身を引こうとして、後頭部をガラステーブルの天板にぶつけてしまいます。この時の血痕が残っていました。もっとも、これは大したダメージではない。しかし青酸ガスの方はそうは行かなかった。肺から循環器に回り全身を蝕《むしば》まれた大久保さんは、逃げるように部屋の中央まで移動した後、紙を握り締めたまま絶命しました」

「ゲロゲロ～」

「青酸ガスのほとんどは大久保さんに吸入され、残りも空気よりわずかに軽いため天井付近に溜《た》まり、私と上田さんが入った時にはもう安全になっていたというわけです」

「やべｗ　身長めっちゃ高い人死ぬｗｗｗ」

「一方、貴方にも誤算がありました。それはバリケードのせいで室内に入れなかったため、すぐには爆弾をセットできず、白紙も回収できなかったということです。私がやったように本気で押せば開いたとは思いますが、時間をかけて目撃されるリスクを恐れたのでしょう。白紙は青酸カリを包んでいた紙と思わせることもできるため、無理に回収しなくていいと考えたのかもしれません。しかし青酸カリを紙に包んで保存するなど愚の骨頂。空気中の二酸化炭素と反応して変質してしまいますからね」

「青酸カリを包んでいた紙って死宮さん自身が言ってたことなのにw」

「犯人を油断させるためにね。本来の計画なら、段ボール箱の非常食を組み合わせて青酸カリの小瓶を偽造し、自殺説を補強するつもりだったのかもしれません。具体的には、栄養ドリンクの褐色瓶のラベルを外し、その底にドライフルーツの粗い砂糖を少量入れることで青酸カリに見せかけるなどの方法です。実際は意図せぬバリケードで室内に入れませんでしたが、密室によって自殺説がさらに強固なものとなったことを考えると、結果オーライといったところでしょうか」

「そんな面倒なことしなくても、あらかじめ空の小瓶を用意しておけばいいだけでは？」

「それでもいいですが、貴方はフェアなゲームマスターなので、現場にある物だけで工夫する気がしただけです」

汚野は満更でもない顔で質問を続ける。

「そういえば現場にあったっていうミネラルウォーターのペットボトルは？　金庫を開けたのは誰？」

「単に大久保さんが飲んだり開けっ放しにしたりしたというだけで、事件とは無関係です」

「マジか、金庫は閉めた方がブラフになるのにw」

「一概にそうとも言えないのでは？　中身が空の金庫を見せることで、もう武器を手にしているんだぞとプレッシャーをかけることもできますし。まあ、そんな化かし合いに参加したくなかっただけかもしれませんがね。全開にされた金庫の扉からはどこか大久保さんの投げ遣《なや》りな気持ちが伝わってくる気がしませんか？　――私の名推理は以上です」

汚野は聞こえよがしに舌打ちした。

「あー、失敗したなあ。多少は推理できる奴いた方が盛り上がると思って、有名な名探偵サマもメンバーに入れてみたんだけど」

「古今東西、名探偵を呼んで成功した犯人はいませんよ。貴方はフェアだが、あまり優秀なゲーマーではないようだ」

「死宮さん、何か勘違いしてませんか？　これは推理ゲームであると同時にデスゲームなんですよ。いくら犯人だとバレても、最後に生き残っていれば勝ちなんです」

丸腰で袋小路に追い詰められているはずの汚野から、怪しい雰囲気が立ちのぼる。

「あなたこそ勘違いしている。家に帰るまでが遠足というように、犯人を倒すまでが推理なんです」

死宮は銃を構え直す。

両者の間に緊張が走った。

捜査

「あれ、でもおかしいですね」

森ノ宮切の呟きを、死宮は聞き逃さなかった。

後頭部がカッと熱くなる。名探偵の推理に瑕疵《かし》があるとでも言うのか、この女は？

努めて冷静に尋ねる。

「どこがおかしいのですか」

「あ、すみません。私の勘違いかもしれませんが」

勘違いに決まっている。

「汚野は丁字路を四回右折して辿り着く袋小路にいたという話でしたよね」

森ノ宮は死宮が作成した迷宮図のＣ地点を指差す。

「でもこれって左折四回で辿り着く袋小路の間違いじゃないですか？　ということは汚野の利き足は右になってしまうのでは？　……と思ったんですけど、どう、でしょうか」

彼女は自信のなさそうな声で、しかし正しい指摘を行った。

死宮は迷宮図に視線を下ろした。

その頭の中では目まぐるしい速度で思考が飛び交っていた。

森ノ宮は不安そうに死宮を見つめた。

怒らせてしまったのではないかと思ったからだ。

息の詰まる沈黙の末、死宮は顔を上げた。

「よくそこに気付きましたね」

そこにはいつもの蒼白な笑顔が張り付いていた。

「しかしあなたは結論を焦りすぎる。人の話は最後まで聞くものです」

「す、すみません」

「謝る必要はありません。むしろ褒めているのです。さすが警察にお勤めだけあって、大した観察眼だ」

「どうも……」

森ノ宮は曖昧な笑みを浮かべた。

死宮は言った。

「あなたが気付いた矛盾点、そこには重大な秘密が隠されているのです。それをこれから明かしましょう」

迷宮牢の殺人7

　物理的には袋小路に、心理的には推理に追い詰められていたはずの汚野《きたの》☆SHOW《シヨウ》が、突然噴き出した。

「えっ、ちょっと待ってw　死宮《しのみや》さんww　申し訳ないですけどwww」

「何か？」

「ぼんやり聞いてたから気付かなかったけどwwww　これwwwww　間違ってますよねwwwwww」

「名探偵の推理に異を唱えると？」

「唱えちゃいますwww　あのさ、自分の利き足とか意識したことなかったから聞き逃してたけど、ここ！　違うでしょ！　右折四回？　NO！　左折四回でしょ、この袋小路！　【悲報】俺の利き足、右だったwwwww　右も左も分からない迷探偵、SHI☆NO☆MI☆YA☆YU☆HO！あ、今の悲報と遊歩《ゆうほ》で韻踏んだんだけど分かります？」

　推理ミスを指摘されても、死宮の表情は変わらない。

「ほう、そこに気付くとは、ただの馬鹿ではなかったようですね」

「ただの馬鹿www　火の玉ストレートwww　てか何で間違えたのに上から目線wwwww」

「私は何も間違えてなどいません。名探偵は無謬《むびゅう》の存在なのです」

「むびゅー？　むびゅーって何すかｗ　日本語でおけｗｗｗ」

死宮は構わず続ける。日本語で。

「私は確かに言いました。武智《たけち》さんを射殺したと思われる何者かが『左足』で拳銃を蹴り飛ばしたと。しかしそれはある意味では現実の光景ではありませんでした」

「なぜならすべては武智さんにフルボッコにされて意識が朦朧《もうろう》としていた私が見た幻覚だったから――」

「違います。私はフルボッコになどされていませんし、幻覚も見ていません」

「いや、フルボッコにはされてたでしょ」

死宮は無視して言った。

「それでは私が見たものは何だったのか。それは『鏡像』です。この迷宮牢はすべての壁が鏡となっている鏡の迷路なのだから」

一瞬の沈黙を突いて、死宮の声が迷宮に残響した。まるで次々と鏡に反射されゆく光のように。

死宮は最初に迷宮の内装を見た時、閉鎖された遊園地の迷路を何者かが買い取って改装したのではないかと直感した。

それは鏡の迷路という顕著な特徴に基づく当然の推測だったのだ。

伏線はそれだけではない。

例えば、万里《まり》は発言時に「右手」を挙げるのが癖だとされていた。しかし死宮の右に並んで歩いている万里が突然挙手をして、死宮の顔を掠めたというハプニングを思い出してほしい。何か違和感を覚えないだろうか。

そう、右を歩く同行者の挙手が顔に当たりかけた——それすなわち左手を挙げたということに他ならない。癖なのに、挙げる手の左右がころころ変わるなどということがあるだろうか。否、万里が発言時に挙げるのは左手だと考えるのが自然だ。ならば「右手」を挙げている場面は？　もうお分かりだろう、すべて鏡に映った光景だったのだ。

汚野は初対面時、本人から見て髪の「左半分」だけをエメラルドグリーンに染めているとされていた。だが右側頭部を武智に蹴られて出血した際、黒赤のツートンヘアと化していたことを考えると、右半分が緑なのが正しいということになる。「左半分」が緑だというのは、最初に死宮が視認したのが接近してくる汚野の鏡像だからだったのだ。

エカチェリーナは左手の方が右手より指が長く太いが、これは弦を押さえる指の方が発達するというバイオリニスト共通の特徴であるため、この左右については揺るがぬ事実である。だがマッピング時はどういうわけか、汚野から借りたボールペンを「弦に鍛え上げられた大きな右手」で持っていた。この「右手」というのは言うまでもなく鏡に映った左手のことである。

（ちなみに本当はボールペンを左手で持っていたということは、彼女は左利きだということになる。左利きであっても、バイオリンの弦を押さえる手は左で変わらないのが常である。利き手でいちいちバイオリンの向きを変えていては、合奏時に隣のバイオリニストとぶつかってしまうからだ）

「——いやいや、鏡の迷路であることは当然知ってますけど？　何、衝撃の新事実みたいに言ってるんすか。叙述トリック的な何かすかｗ」

「もちろん迷宮内にいる我々にとっては既知の事実です。しかしこれによって左右が逆転します。

私が朦朧とする意識の中で見たのが鏡越しの光景だったとすると、射殺犯は実際は左足ではなく右足で拳銃を蹴っていた――すなわちその利き足は右ということになります」

「ああ、なるほど……」

「遅ればせながら私の言いたいことが飲み込めたようですね？　左折四回の袋小路に逃げ込んだ貴方の利き足は右。そして右折四回の袋小路に逃げ込んだ上田《うえだ》さんとエカチェリーナさんの利き足は左。したがって射殺犯は貴方《あなた》をおいて他にはいないということになります」

「ちょ、ちょ、ちょっと待って。一旦落ち着こ。何かがおかしい気がする……。そうだよ、白石《しらいし》殺しだ。床のゲロは鏡の壁では反転しませんよね。ってことは白石殺しの犯人の利き足は変わらず『左』ってことっすよね」

「その通りです」

「矛盾してね？　結局、犯人の利き足は右左どっちなんすかw」

「汚野さん――私はユーチューブには詳しくないんですが、ある程度商業化が進むと必然的に分業が生まれるのではないですか。テレビで刺激的なトークを繰り広げるお笑い芸人の裏に、計算高い放送作家の存在があるように」

死宮は一見、関係のない話をしたように見えた。

だが汚野の顔からは一瞬で軽薄な笑みが消え失《う》せた。

「……何が言いたい」

今や道化の仮面は剝がれ、その裏に隠された暗い素顔が露《あら》わになりつつあった。

「簡単な話ですよ。犯人は二人いた。そして彼らは共犯関係にあった。私が今まで左右を取り違えた推理をしてきたのは、ミーノータウロスの番《つがい》の片割れを油断させるためだったのですが——」

死宮は汚野の方を向いたまま、自分の背後に声をかけた。

「そろそろ出てきてはいかがですか、上田万里さん。鏡の迷路で相手に気付かれず接近するのは無理というものですよ」

死宮の背後の曲がり角から、万里が現れた。

万里の左腕には、ぐったりしたエカチェリーナのか細い首が抱き込まれている。

エカチェリーナの首にはロープが巻き付けられており、その一端は万里の左手に握られていた。

L公園ホームレス殺害事件の犯人に支給されたという「名目」のロープだろうか。

今まで彼女はそれを服の下の胴体にでも巻き付けて隠していたのだろう。

「このロープは片手でも引けば絞まるように結んであります。もし少しでも動いたら——」

死宮は蠅《はえ》を追い払うように手を振った。

「ああ、私に人質など意味を為《な》しませんよ。たかが少女一人の命と、名探偵であるこの私の命、どちらが重いか天秤《てんびん》にかけるまでもありません」

「最っ低……」

万里は心底軽蔑したように眉を顰《ひそ》めた。

「あなた、ないですよ、名探偵の資格なんか、全然ないです」

「名探偵の資格は名探偵自身が発行するもの。他人が認定するものではありません。ましてや凶悪犯の認定など、何の意味を為しましょうか」

「あなたと話してると頭が痛くなってきます……」

「それは大変だ。今楽にしてあげましょうか？」

死宮は横目で汚野を警戒しながら、万里の頭部に銃口を向ける。

万里はエカチェリーナの首を抱き込んだまま、さっと曲がり角の向こうに身を引いた。

それから彼女は言った。

「一つだけ分からないことがあるんですけど」

「貴方が分からないことは一つどころではないと思いますが、いいでしょう、質問を一つだけ許可します」

曲がり角の向こうから一発舌打ちが聞こえてから、質問が始まった。

「結局あなたの推理は、白石殺しの犯人が私上田万里。大久保・武智殺しの犯人が汚野☆ＳＨＯＷということになるんですよね」

「確認するまでもないことだと思いますが、これが質問ですか？」

「いちいち癪《しゃく》に障るヤローですね。私が聞きたいのはですね、エカチェリーナさんだって利き足は左なのに、どうして私だけが疑われるのかってことです」

「だって貴方、エカチェリーナさんを人質に取ってるじゃないですか」

「いや、それは今の話でしょ。……まさか今の今まで、どっちが共犯者か分かってなかったんじゃ」

「とんでもない！　それ以前から共犯者は貴方しかいないと確信していましたよ」

「だからその理由を言えって言ってんですよ」

「一つには、汚野さんがエカチェリーナさんに積極的にアプローチをかけていたからです。共犯者ならなるべく絡みたがらないはずですから」

「うえっ」

汚野はばつが悪そうに舌を出した。

万里は拍子抜けしたように言う。

「……それだけ？　そんなの仲悪いふりして共犯者だと思わせないようにした、って考えることもできるじゃないですか」

「確かにそうですね。ですからこれはおまけのロジック。私は苺《いちご》は最後まで残しておくタイプなのです。これから話すのが本命のロジック。さあ、周囲をご覧ください！」

死宮は今にもレディースエーンジェントルメーンと言い出しそうな勢いで両腕を広げた。

「再三繰り返しているように、ここは鏡の迷路。我々の姿はあらゆる壁に反射しています。ですからあの時、曲がり角の先からやってきた貴方が見ていないはずないんですよ。汚野さんが武智を射殺して拳銃を蹴飛ばす姿が、曲がり角の鏡に映っているところを。それを貴方が言わない時点で共犯者確定なのです」

万里の声に露骨な焦燥が混じる。

「そ、そんなのエカチェリーナさんだって気絶したふりをして見ていたかも――」

「ああ、違う違う。貴方は確か国語の教師でしたね。数学を教えなくて正解ですよ。確かにエカチェリーナさんは気絶したふりをしていたかもしれない。一方で本当に気絶していたかもしれない。それに対して、貴方は『確実に』射殺の現場を目撃しているのです！　エカチェリーナさんがどうとかは関係ない。『確実に』目撃しているはずの貴方がなぜそれを教えてくれないのか？　もちろん共犯者だからです！」

歯ぎしりの音が死宮の耳にも届く。

「今から思えば、あの時の態度も不審でしたね。先程まで武智さんが暴れていた場所で、銃声まで聞こえてきたのに、曲がり角から顔を覗《のぞ》かせるわけでもなく、無防備に全身を露わにして立ち尽くしているなんて。共犯者である汚野さんが武智さんを撃ち殺してくれたのが見えていたからこそ、安心しきってそういうことができたわけです」

「……でも私は序盤、死宮さんとずっと一緒に行動してましたよね。爆弾をセットする時間なんてありませんよ」

「それが実は一度だけあるのです」

「いつですか！」

「大久保さんの死体を発見した後、私がユニットバスに入って隠し通路を探すべく壁を叩《たた》いてまわっている時です。貴方はその隙に居室に入り、嘔吐物《おうとぶつ》を飛び越え、奥の壁に爆弾を貼り付けたのです。焦って飛び越えたからこそ、嘔吐物を踏んづけてしまったのでしょう」

「無理があるんじゃないですか？　時間は間に合ったとしても、いくら何でも奥の壁に爆弾が貼ってあったら、戻ってきた死宮さんも気付くでしょう」

「ところが一箇所だけ盲点があるのです」

「盲点――」

「全開にされた金庫の扉の陰ですよ。それに隠れている部分の壁に貴方は爆弾をセットしたのです。金庫はすでに一度調べているから、二度は調べないだろうと踏んでね。後は汚野さんと合流して少しでも彼のアリバイを稼いでから、ポケットに入れたリモコンを押せば――」

「ピンポーン、正解です」

万里はまるで生徒に対するような軽い口調で言った。

「あれはね、私頑張ったから、そのことだけは伝えておきたかった。現場の状況を見て咄嗟《とっさ》のアドリブで。私、本番に強いタイプなのかも」

「貴方は上手《うま》くやりましたよ。この私でさえまったく気付きませんでした」

「ありがとうございます」

「どういたしまして。代わりに私からも一つ質問があるのですが」

「何です？　私に興味が出てきましたか？」

「少しはね。M賞パーティー爆破事件について、貴方はこう言っていました。『許せないな。私の大好きな作家も死んだから』と。私は人間心理にはあまり関心がないのですが」

「でしょうね」

「あの時の貴方は本心を語っているように見えました。しかし実際は貴方と汚野さん、どちらが実行犯かは分かりませんが、事件に関与していたわけですよね」

「そうですねー。あの六つの未解決事件、全部私が発案して、汚野さんに実行させたんですけど。M賞パーティー爆破事件か。特に思い出深いですね。爆散した五十五人の中には、確かに『大好きな作家』が何人もいました。あれだけは汚野さんではなく、私が自らの手で爆弾のスイッチを押したんです。それは推理小説の歴史を丸ごと私が引き継ぐという決意の表れでした」

「はて、歴史とは？」

「ミステリーは素晴らしい文化です。しかし小説という表現媒体は時代遅れの遺物となりつつあります。これからはインターネットで無料視聴できる動画の時代です。死宮さんの推測通り、人気ユーチューバーの裏には放送作家がいることも多いです。授業はできても演説はできない私にとって、口だけはよく回る汚野☆SHOWはうってつけのフロントマンだったんです」

「へへへ……」

汚野が今までにない笑い声を発した。

そこにどのような心情が込められているのか、死宮は分からなかったし、分かるつもりもなかった。

「私と汚野さんのコンビで、新時代のミステリーをクリエイトする。警察にも、名探偵にも解けない、最高の謎を。それが私の夢です」

「なるほど、私を巻き込んだ理由は分かりました。しかし貴方の夢は破れた。名探偵が謎を解いてしまったのです」

「残念です。名探偵が最後まで右往左往したまま死んでいく動画を上げることで、世界に対する『宣戦布告』にしようと思っていたのに。また撮り直しですね」

風《ふう》、と芝居がかった溜《た》め息《いき》の後、万里の声が明るくなった。

「でもね、死宮さんは知らないでしょうけど、夢は破れたら縫い直せばいいんですよ！　私の夢は何度も破れてボロボロだけど、それでも！　諦めずに縫い直してここまでやってきたんです。今更この程度の失敗で挫《くじ》けるもんですか！」

死宮は今や急速に事件に対する興味を失いつつあった。

「またダメでしたか」

「何がですか？　あまりチクチク言葉は聞きたくないんですけど」

「いえね、毎回ひょっとしたら何か一抹でも面白い知見が得られるのではないかと、一応犯行の動機を聞いてみるのです。そして毎回徒労に終わるというわけです。どんな魅力的な犯罪でも、動機を聞いた瞬間に色褪《いろあ》せるのは、どうしたわけなんでしょうねえ」

「それは死宮さんに人の心がないからでしょう？」

「さて、人の心がないのはどちらか……胸を撃ち抜いてみれば分かりますか」

死宮は突如振り返り、飛びかかろうとしていた汚野に向けて引き金を引いた。

ガチャリ。

弾切れだった。

「あんたの負けだよ」

汚野が邪悪なピエロのような笑みを浮かべた。

捜査

「普通の迷路かと思ってたら鏡の迷路だったなんて！　びっくりしました」

森ノ宮切の反応に満足しながら、死宮は言った。

「貴方に驚いてほしくてずっと黙っていたんですよ」

「はい、本当に驚きました。でもこの後、大丈夫なんですか。弾切れって……」

「心配ご無用。名探偵は最後に必ず勝利するからこそ名探偵なのです」

「それは良かった」

言葉とは裏腹に、森ノ宮は顔を曇らせた。

「ところですみません。また一つ分からないところが出てきたので教えていただきたいのですが……」

謝罪から始まる会話は厄介事だと相場が決まっている。死宮はすでにうんざりしながら尋ねた。

「何ですか？」

「この迷宮図なんですけど」

また何かケチをつけてくるつもりか？

もう何もひっくり返すことはないはずだ。すべての謎は解かれたのだから。

「最初の方――この赤い金属扉が開かないことを確認した後、上田万里と二人で全員の部屋を回る時の話ですが。この金属扉がある場所から、左手を壁について迷宮の探索を始めたんですよね。そして白石・武智・汚野・エカチェリーナ・大久保の順に部屋に辿り着いた」

「そうですが？」

「あ、あの、だとしたら、おかしいんですよ」

「何が？」

「これ、左手じゃなくて右手を壁について進まないと、このルートにならなくないですか？」

死宮は馬鹿を追い払うように片手を振った。

「いや、だからそれは鏡の迷路だから左右が反転して……」

「か、関係ありません」

「は？」

「鏡の迷路であるという事実は、この左右の齟齬とは関係ありません。だって壁が鏡でもそうじゃなくても、死宮遊歩自身がついた手の左右は変わらないんですから」

「え――あっ」

死宮もようやくそれに気付いて、迷宮図を見直した。

上下が逆になっているので一見分かりづらいが、確かに左手をついて進むと逆方向に行ってしまう。最初に着くのは上田万里の部屋だ。

この矛盾はどういうことだ？

死宮は全力で頭を回転させる。

数秒で問題は解決した。

「ああ、これは説明が悪かったですね。金属扉の脇の壁からスタートするのではなく、その正面にある縦の壁。これに左手をついて歩き始めたんですよ。そしたら、ほら、実際と同じ道を進んでいくでしょう。最初に着くのが白石の部屋というのも間違いない。ルートとしてはこういうことです。いやはや、説明が悪かった」

咄嗟に切り抜けた自分の頭脳はやはり優秀だ、と死宮は内心で自画自賛した。

しかし森ノ宮はまだ食い下がってきた。

「も、もちろんその可能性も検証しました。でもダメなんです」

「ダメ？　ダメとはどういうことですか？　ちゃんと最初に白石の部屋に着いているじゃないですか」

死宮は恫喝《どうかつ》するような口調で、迷宮図の白石の部屋を人差し指で二度突いた。

森ノ宮は萎縮《いしゆく》しながら、今にも消え入りそうな声で言った。

「さ、最初はもちろんそうです。でもその後が――。事件のルートとは違う壁に沿っていくわけですから、当然ルートも変わってきちゃうわけで、武智・汚野・エカチェリーナの部屋を飛ばして、二番目に大久保の部屋に着いちゃうんです。その後はぐるっと一周してまた白石の部屋に……」

いよいよ森ノ宮の言わんとしていることが分からなくなった。

死宮はぼんやりと迷宮図を見下ろした。

天から見れば特段難しくない二次元の迷路が、超難解なパズルのように見えた。

赤い金属扉。その正面にある縦の壁。その左側に死宮は震える人差し指を下ろした。そしてあたかも左手をついて歩いていくように、壁をなぞっていく。

森ノ宮の言った通りだ。

何度やり直しても、指は白石と大久保以外の部屋の側を通らなかった。

なぞる際に力を込めすぎた人差し指が、突き指をしたようにズキリと痛む。

——間違えた？

自分はまた間違えたのか？

いや、まだミスが確定したわけではない。

何かこの矛盾を説明する術《すべ》があるはずだ。

死宮は考えた。迷宮図を睨み付けながら、その上で指を右往左往させながら、無意味な言葉を発しながら。

「いや、これは、その、だから、つまりですね——」


「もう結構ですよ」


その声は森ノ宮によく似ていた。

しかし基本的には大人しい森ノ宮と違って、自信と張りに満ちた声だった。

しかも声は正面ではなく背後から聞こえたのだ。

死宮は反射的に振り返った。

そこにはアンミラ風の制服を着たこの店のウェイトレスが立っていた。あどけない少女と、熟練の女戦士の印象が混在した不思議な顔は、どこか森ノ宮に似ていた。

ウェイトレスは死宮が嫌う高圧的な態度で言った。

「死宮さん、分からないふりはもう結構です」

「分からないふりって……」

「この左右の矛盾が生じた理由、当然あなたなら分かっているでしょう、死宮遊歩さん――いや、餓田さん」

*

久しぶりに本名を呼ばれて餓田は不快な気分になった。

できれば捨て去りたい、忌まわしい苗字だ。

「何なんですか貴方は。いきなり人の本名を呼んで、しかも自分は名乗りもしないなんて」

「失礼しました」

ウェイトレスは慇懃《いんぎん》無礼に頭を下げると、ポケットから警察手帳を出して開いた。

「私は捜査一課の森ノ宮愛《あい》と申します」

「森ノ宮……」

餓田は自分の向かいに座っている、警察関係者とは思えない眼鏡の女を一瞥した。おどおどと目を逸らすこの女の名前は切と言ったか。

「お二人はご姉妹か何かですか」

「それは関係のない話です」

愛の方がピシャリと言う。

「おやおや、いきなり攻撃的ですね。切さんとは大違いだ。性格だけではなく所属も全然違う。職業柄、捜査一課のことはよく存じ上げていますよ。殺人などを捜査する刑事さんが一体この私に何のご用ですか」

「今から十二年前に起きたしおかぜ市一家殺害事件。当然ご存じですよね」

心臓が跳ね上がる。

表情には出なかっただろうか。

「いや」

声が上ずっている。

餓田は唾を飲み込んでから言い直した。

「もちろん知ってますよ。日本国民で知らない者はいないでしょう。悲惨な事件でした。犯人は未だに捕まっていないとか。当時は街中の監視カメラも少なかったとはいえ、警察の怠慢も囁《ささや》かれていますが……おっと、刑事さんの前で言うことではないですよね。でもその件でなぜ私に？」

「あの事件についてあなたが重大な事実を知っている——いや、曖昧な言い方はやめましょう。あなたには一家殺害の容疑がかかっています」

全身の血が突沸しそうになる。

最初に浮かんだ単語は「今更？」だった。

今更なぜ自分に疑いがかかる？

「おいおい、勘弁してくれよ！」

本心からの言葉が口をついて出た。

そのまま餓田は大声で恫喝する作戦に移行した。

「人の耳がある店内だぜ？　俺の評判が落ちたらどうしてくれるんだ？」

「その点については心配ありません」

「心配ないって現にみんなこっち……見て……」

様子がおかしい。店内には二人の客がいて、先程まで新聞を広げていた中年男性と、文庫本を読んでいた青年。その二人が餓田を見ているのだが、野次馬らしからぬ眼光を湛《たた》えているのだ。

「まさかあの二人も……」

「客だけではありませんよ」

渋い声が聞こえてきたのはカウンターの中からだった。

老いたセイウチのような総白髪のマスターがカップを拭きながら、独り言のように言った。

「私は林田という者です。一家殺害事件を担当した警部だったのですが、犯人を見つけられないまま定年を迎えてしまいましてねえ。夢だった喫茶店を開いた後も、それだけがずっと心残りでした。しかしその心残りも今日ようやく晴らすことができそうです」

言い終わると、林田は顔を上げて餓田を見た。先の二人と変わらぬ刑事の眼差《まなざ》しがそこにはあった。

嵌められた――。

餓田はようやくそのことに気付いた。

だが相変わらずなぜ自分が疑われているのかは分からない。

それも十二年も経った今になって。

証拠があれば、とっくの昔に捕まっているはずだ。

ひょっとして——警察はまだ具体的な証拠を摑んでいないのかもしれない。

餓田はひとまず落ち着いて、相手の出方を窺うことにした。

「なるほど、店内にいるのは私以外全員警察関係者ということですか」

「その通りです」と愛が答える。「ですから気兼ねなくお話しください。それともご希望とあらば署にご案内いたしますが」

餓田は苦笑してみせる。

「いやいや、ここでいいですよ。犯人じゃないんですから。もっとも貴方がたはそう信じて疑わないようですが。一体何を根拠にそんな空想を抱くようになったんですか？」

手近の席に座ればいいのに、生真面目に立ったまま愛は話し始めた。

「最初に疑いを抱いたきっかけは、私があなた——死宮遊歩のデビュー作『双竜邸連続密室事件』を読んだ時でした」

「へえ、じゃあ随分昔から疑っていたんだ」

「あ、いえ、読んだのは最近のことです。『双竜邸』自体は八年前の出版——つまり一家殺害の四年後。その中のある犯行描写が、一般には公開されていない事件の詳細と酷似していたのです」

なるほどね、と餓田は納得した。

やはりあれは危険な賭けだったか。

しかしその賭けに勝ったことで、今の自分の地位があるのだ。

事件当時、餓田は小説家志望という自称でアイデンティティを主張する有象無象の一人だった。新人賞の選考に万年一次落ちしては、書店に並んでいるプロの推理小説を腐して回る毎日。自分がデビューできないのは、時間のせいだ。ひいては金のせいだ。もし充分に金があれば、下らない工場で働く必要などなく、執筆に専念できる。

だから餓田は強盗殺人に及んだ――。

いや、事件の根源にはもっと別の怒りが介在していた気もする。あの頃の餓田は常に何かに怒っていた。しかし満たされた今となっては、もう細かい部分は忘れてしまった。

一家殺害は富だけでなく、別のものも齎《もたら》した。

経験だ。

派遣社員を辞めて執筆に専念しても、餓田は一向にデビューできなかった。

そこで半分ヤケになり、禁断の手段に手を伸ばした。

多少脚色した上でのことだが、自分の殺人体験を作中に盛り込んだのだ。

その迫真の描写が評価され、『双竜邸』はデビュー作ながら大ヒットした。エラリー・クイーンの時代から綿々と続く、作者と同名の名探偵が登場する「女探偵死宮遊歩シリーズ」の幕開けだ。

ただし「女探偵」の冠から分かるように、作者の死宮は男だが、作中の死宮は女である。

「『双竜邸』は随分話題になったつもりなんですが、今頃お読みになったんですか」

「警察官はあまり推理小説は読まないもので。私は珍しく推理小説のファンなんですが、一家殺害事件以降ずっと忙しくて新刊を読む暇がなかったんです。それで最近になってようやく『双竜邸』

を読んだんですが、驚きました。幾度となく読み返した捜査資料とそっくりな殺害シーンが描かれていたんですから」

「偶然の一致ですよ。昔、別の小説家もそんな感じで疑われましたっけ。正直ナンセンスとしか言いようがないですね。そりゃこれだけ推理小説があれば、たまたま現実の事件と被ることもあるでしょ。それで警察が出張ってくるんじゃ、国家による検閲と言われても——いや、話が逸れましたね。とにかくナンセンスです。偶然ですよ」

「しかしその後のあなたはむしろパズル的な作風に傾倒していくことになる。『双竜邸』のリアルな殺害描写だけが浮いているんです」

それは元々そっちの作風を志していたからだ。

一度売れたら多少作風が変わっても読者は付いてくる。

むしろ両方の路線でヒットさせているという事実が死宮遊歩の天才性を示していると言えよう。

「作家も時代のニーズに合わせていく必要がありますからね。それでも大事な根っこの部分は変えていないつもりですが——まあ文学談義をしても仕方ないか。それで？　まさかそれが証拠だって言うんじゃないですよね。何か物的証拠があるんですよね」

愛はわずかに視線を逸らした。

「『双竜邸』で海に証拠を詰めたリュックを捨てる描写がありました。しおかぜ市の方でも、現場から少し離れた海浜公園の花壇のレンガが根こそぎ無くなっているという報告があり、それを重しにして証拠を捨てたのではないかと海を捜索したのですが……」

しまった、レンガを拝借したのはやり過ぎたか？

いや、それ以前に重し自体が失敗だったのでは？　重すぎて流れずに浅い海底に留まっていたとか……。

餓田は不安になって先を促す。

「で、何か出てきたんですか？」

「何も出てきませんでした……」

ふう、と餓田は詰まった息を排出した。

思わせぶりな態度で焦らせやがって。

考えてみれば十二年も昔のことなのだから当然の結果だろう。水の流れと時の流れがどんな証拠も消し去ってくれたはずだ。

餓田は反撃に出る。

「えーと、今の答えを聞いて逆に不安になってきたんですが、まさかとは思いますが『無い』なんてことはないですよね？　これだけ人に疑いをかけておいて、物的証拠が『無い』なんて話は許されないですよね？」

愛の視線が再び餓田とかち合った。

「ご安心ください。物的証拠はちゃんとあります。二つも」

「二つ⁉」

馬鹿な、あるはずがない。

証拠になりそうなものはすべて海に捨てたはずだ。

大体――先程も考えたことだが――物的証拠が二つもあればとっくの昔に捕まっているはずだろ

う。

餓田は愛の顔を睨み付ける。

注意深く観察すると、女戦士の鉄面皮がごくわずかに震え、不安な素顔が見え隠れしている。

ハッタリだ。

物的証拠がないから揺さぶろうとしてきているだけだ。

餓田は椅子に深く座り直すと、小説の中の死宮遊歩を意識して、片方の手の平を愛に向けた。

「それじゃ……お伺いしましょうか。その二つの物的証拠とやらを」

「はい、一つは筆跡です」

「筆跡⁉」

思わず声が裏返った。

いや、落ち着け。現場からメモ用紙はすべて持ち去ったはずだ。

「失敬。古風な単語が出てきたので思わず驚いてしまっただけです。筆跡……ですか。一家殺害の現場に犯人のメッセージでも残されていたんですか」

「はい」

鼓動が爆音を鳴らす。

そんなはずはない。そんなはずはない。そんなはずはない！

「長女、押見千里さんは先天的に耳が聞こえない方でした。犯人は彼女に命令するため、メモ用紙で筆談をしたのです」

「そのメモ用紙が現場に残っていたとでも？　だとしたら随分愚かな犯人ですが……」

「ええ、メモ用紙はさすがにすべて持ち去られていました」

ここで餓田は恐ろしいことに気付いた。

なぜ警察は筆談の事実を認識しているのか？

メモ用紙がすべて持ち去られていたというのに？

何かが残っていたのだ。

彼が文字を書き記したことが分かる何かが。

それは一体……？

餓田は不意にひどい喉の渇きに襲われてコーヒーのカップを手に取ったが、底の方に澱《おり》が溜まったどす黒い浅瀬があるだけだった。

「水……水をくれ……」

餓田はマスターの方を見たが、林田は澄ました顔でこう答えた。

「生憎切らしております」

「ふざけるな、水がないってことはないだろう！　水だぞ！」

餓田は拳でテーブルを叩いた。

切が短い悲鳴を上げて身を縮ませただけで、他の四人は冷ややかな視線を餓田に向けるだけだった。

なぜどいつもこいつも嫌がらせばかりするんだ……。

まるで惨めな派遣時代に逆戻りしたかのようだ……。

餓田は舌を動かして唾液を分泌させながら言った。

「もういいよ……続けてくれ」

「では」と愛が再開した。「千里さんは父親の会社の事務を手伝っており、現場のテーブルには日本年金機構に提出する健康保険被扶養者異動届が二部置かれていました」

ああ、何かそんなのあったな……。

そう思いながらも、ふと引っかかることがあった。

二部？

餓田の記憶では役所関連の書類が「数枚」あったような気がする。二部では「数枚」とは認識しないだろう。

それに——そうだ、「複数」の「正」に出迎えられたとか何とか胡乱《うろん》なことを考えていたっけ。各書類に一つ印字されている「正」の文字を三つ以上見た記憶があるから、やはり三部以上はあったのではないだろうか。

もちろん餓田にとってはどうでもいいことだったから、記憶違いの可能性も充分ある。

だが警察がわざわざ持ち出してくるということは、この齟齬に何か重大な落とし穴があるのではないか。

猛烈に嫌な予感がする。

果たして愛は言った。

「被扶養者異動届は今はまた様式が少し変わっていますが、十二年前当時は年金機構が受理する『正』、控えとして事業所に返送する『副』、配偶者を扶養に入れる場合に必要な『国民年金第3号被保険者届』の二枚あるいは三枚で一部となっていました。これらにはすべて同じ内容を記載するため、『正』に記入すれば、その筆圧で『副』と『3号届』にも複写されるようになっていたのです」

「……？」

いきなり役所の窓口で聞くような説明が展開され、にわかには言葉の意味を理解できなかった。

しかし理解した瞬間、餓田は慄然とした。

そうか、書類提出時に正副一部などという言い方をするが、その「正」か——正副には同内容を記載する——だから複写の用紙——。

「そう、千里さんは咄嗟に機転を利かせて、未記入の被扶養者異動届を何枚かテーブルクロスの下に忍ばせたのです。テーブルクロスの上で犯人がメモを書くと用紙に筆跡が残る。だから犯人の筆跡だけは最初から我々の手元にあったわけです」

だが、いつの間にそんな小細工を？

——あの時だ。

餓田がバットでゾンビババアをホームランした時、隙を見てテーブルクロスの下に滑り込ませたのだろう。

あの女、舐めた真似《まね》しやがって。

殺してやる。

いや、もう殺したか。

餓田は一人おかしくなって唇を歪めた。

「……何笑ってるんですか」

ずっと黙っていた切の方が口を開いた。嫌悪感に満ちた声だった。

「笑ってないですよ」

餓田は両手の指先で頬を押して表情を修正すると、愛に向き直った。

「だんだん話が見えてきましたが、続きを聞きましょうか」

「その様子だとお気付きのようですね。まあ状況的に気付かないわけないですよね」

筆跡。餓田が今この喫茶店にいる理由。二点を結ぶ直線は一つだ。

ひとまず黙って話の続きを拝聴することにする。黙秘権という単語が脳裏にはちらつき始めている。

「筆跡だけ持っていても、それを突合《とつごう》する被疑者がいなければ意味がありません。しかしここで『双竜邸連続密室事件』によって死宮遊歩という被疑者が浮上しました。そうそう、先程は犯行描写の酷似だけを理由に挙げましたが、あなたが筆談で使った偽名が『四宮遊人』だったことも疑惑を後押ししたんですよ」

どうせメモ用紙を持ち去るつもりで、当時から応募に使っていた筆名兼探偵名である死宮遊歩をもじったのだが、その偽名が現場に残っていたのなら大問題どころの話ではない。

頭を痛める餓田を尻目に、愛は続ける。

「我々は何とかしてあなたの筆跡を手に入れようとしました。そしてあなたのインタビューを読み、あなたが筋金入りの電子機器嫌いだということ、今の時代では珍しく肉筆で原稿用紙に執筆しているということを知りました」

電磁波は脳に有害で頭が悪くなる――母親から叩き込まれた思想だ。

結局、自分の一生にはずっとあの女の影がついてまわっていた。

「出版社に頼んで肉筆の原稿を取り寄せることも考えました。しかしその段階で容疑の根拠になっているのは犯行描写と偽名のみ。それだけではさすがに令状は出ません。令状なしの任意捜査では出版社に断られ、挙句、編集者から連絡が行ったあなたに警戒されてしまうかもしれない。私はジレンマに陥りました——しかしここで大好きな作家のあるエピソードを思い出したんです。有栖川有栖さん、ご存じですか」

意外な名前が飛び出してきたので、演技なしに噴き出してしまった。

「いや、知っているに決まっているでしょう。ミステリー業界でその名を知らない者はいませんよ」

などと言いながら、ちゃんと読んだことはないので、話を振られたら困るなと考えていた。

「有栖川さんの作品の中でも、森下刑事というキャラクターが好きで。彼は堂々と振る舞うために敢えてアルマーニを着てるんです。戦闘時にはトクベツな衣装を身に着けるべきだというのは私の理念でもあります」

何の話なんだと思いながら適当に相槌《あいづち》を打つ。

「ははーん、それでアンミラをね」

愛は恥ずかしそうにはにかむ。初めて見せた表情だった。

彼女は真顔に戻ると、続けた。

「その森下刑事が登場する『赤い帽子』という作品の初出は意外な媒体でした。何と大阪府警の機関誌『なにわ』に一年間にわたって連載されたんです」

やっと話が繋《つな》がった。

「そういえば、切さんに最初にお目にかかった時、そのエピソードは聞きましたよ。しかし、なるほど、あなたはそこから着想を得たわけだ」

「はい。警察官ではなく警察事務職員である森ノ宮切に頼み、あなたに警察機関誌での月刊連載を依頼することにしたんです。そうすればあなたの肉筆の原稿――すなわち筆跡が手に入りますから」

「私はまんまと罠《わな》に嵌められたというわけですね」

餓田は切を睨んだ。

「切さん、私はあなたを変則的ながらも執筆のパートナーとして尊重し、極力アドバイスも受け容れるようにしていた。私が電話もメールもやらないせいで迷惑をかけては申し訳ないと、この喫茶店での打ち合わせにも出向いたじゃないですか。毎月ではないとはいえ何度も」

初めての打ち合わせは秋。それから月刊連載を七回続けて、現在は初夏。切は季節のデザートを頼むのが好きで、春には苺のショートケーキなどが出ていたことをふと思い出す。

「毎回違う男性客が一人いましたが、あれも刑事だったというわけですか」

「おやっさんの店は万年閑古鳥だからこういう作戦に使いやすいんだよ」

中年刑事がからかうと、林田はぶすっとした顔で言った。

「うるさい。お前ら強面《こわもて》が居座るから客が寄りつかなくなっちまったんだろうが」

餓田は男連中を無視して切だけを攻撃する。

「自分で言うのも何だが、私は結構な売れっ子作家です。多忙な中、わざわざ時間を割いたのにこの仕打ち……裏切られた気分ですよ」

切は一瞬目を逸らしかけたが、思い直したように餓田を睨み返した。

分厚い眼鏡の奥には、愛と同じ強い瞳が隠されており、それが餓田を戸惑わせた。

愛が矛先を逸らすように口を出した。

「あなたがS市一家殺害事件などと書いてきた時は驚きました。こちらの意図に気付いているのかとも警戒しましたが……」

気付きもしなかった。それどころか、いい気になっていた。

最初、警察から執筆依頼が来た時、餓田は思わず大爆笑してしまったほどだ。

未だ捕まえられていない凶悪事件の犯人に仕事を依頼する。

これほど皮肉な話があるだろうか。

有栖川有栖が警察機関誌に合わせて森下刑事を主人公にしたのとは正反対に、餓田は警察をおちょくる目的で、しおかぜ市一家殺害事件を含む現実の未解決事件をテーマにした『迷宮牢の殺人』のプロットを提出してみた。さすがに没になるかと思ったが、あっさり通って連載が開始された。

警察は無能すぎて「迷宮入り」の皮肉にも気付かないのか？　などと思っていたが、無能は自分だったというわけだ。

死宮遊歩の名にふさわしくない自分に憤りを覚える。作家死宮は名探偵死宮に謝罪しろ！

「とにもかくにも我々にできることは、複写用紙に写っていたのと同じ文字を原稿から拾っていくことだけでした。単独の一文字よりも、できれば連続している二文字以上が望ましい」

愛は手帳のページを見ながら続ける。

「現場に残っていた筆跡は次の通りです。

『俺の言う通りにすれば母親を助けてやる』

『君の名は？』

『四宮遊人』

『年齢は？』

『趣味は？』

『好きな作家は？』

『フェラチオしろ』

『チンコをしゃぶるんだ』

『手は使うな　口だけでするんだ』

『→どこが好きなの？』

『金庫はどこ？　鍵は？』

『一緒に逃げよう』

　このうち、ほとんどの文字は『迷宮牢の殺人1』と題された連載第一回までに登場しています。第二回では『母親』『一緒に』『逃げ』が、第三回では『趣味』『チンコ』が登場しています」

　見栄えのする女が事務的に卑猥《ひわい》な言葉を読み上げるのを聞いているうちに、少しだけ元気が戻ってきた餓田は、フランクに話しかけた。

「えー、チンコなんて下品な単語書いてないですよ」

　愛は表情一つ変えずに答える。

「汚野の台詞『ガチンコの死体とか見る一択っしょ』に含まれています」

「ああ、そういうのもありなのね」

「しかしいつまで経っても出てこない単語もありました。『フェラチオ』です」

「そりゃ警察の機関誌に官能小説載せるわけにはいきませんから」

「そこで切を通じて、女探偵死宮遊歩の愛車『フェラーリ』の話を書かせたことで、『フェラチオ』の前半部分の筆跡鑑定が可能となったのです。結果はもちろん一致です」

「あの編集者による不自然なテコ入れはそういうことでしたか」

餓田は千里のフェラチオを思い出しながら反論した。

「でも何だかんだ言って、たかが筆跡ですからねえ。筆跡って確か証拠にならないんじゃなかったでしたっけ」

「筆跡鑑定が証拠価値を認められた判決ならあります。ただ筆跡だけでは確かに不安が残るのも否めないところです。実際連載中盤などは、このままでは立件できないから捜査方針を変えるか議論しながら、漫然と連載だけ続いていたくらいです」

「やたら正直ですね。だったら……」

「お忘れでしょうか。我々はもう一つ証拠を握っているんですよ」

「忘れてねーよ、さっさと言え！」

餓田の急変にももう慣れたと言わんばかりに、愛は淡々と続ける。

「ここからが核心です。我々があなたに執筆依頼をしたのは、確かに最初は筆跡鑑定のためでした。しかしそれは思わぬ副産物を生んだのです」

回りくどい話しぶりが苛立ちとともに不安を生む。餓田は貧乏揺すりをしている自分に気付く。

「最初の疑問に立ち返ります。なぜ『迷宮牢』の作中で死宮遊歩は左手を壁について歩き始めたはずなのに、右手を壁について歩き始めたルートになってしまっているのか。もっと言えば、袋小路の話といい『迷宮牢』にはなぜ左右の齟齬がついてまわるのか。作者であるあなたにとっては答えは自明ですよね。そう、あなたは咄嗟に左と右が識別しづらい左右識別障害なのです。それも重度の」

*

右も左も分からない。

そういう慣用句があるが、世界には本当に左右が識別しづらい左右識別障害の人たちが存在する。

「左右識別障害の原因はハッキリとは分かっていないのですが、幼い頃に左利きを矯正して右利きになった人に多いと言われています。心当たりはありますか」

ある。

スパルタ教育だった母親が受験に不利だからと、鉛筆を持つ手だけを右に矯正させたのだ。結果的に彼は筆記時は右利き、それ以外の場合は左利きという「クロスドミナンス」に育った。

自分が左右識別障害になった原因はそれだと、彼自身の中では結論が出ている。

左右がまったく分からないわけではない。

落ち着いて考えれば分かる。

だが咄嗟の判断で間違えてしまうのだ。

だから餓田は――。

路地裏で殴り倒した女がどちらの耳にピアスを着けているか確認するのに、腕時計をした手で指差し確認する必要があった（左右識別障害の対策として、いつも身に着けているものを左右の目印にするという手があるのだ）。

疲れてくると虫除けスプレーのキャップをどちらに回せばいいか分からなくなり、しょっちゅうベルトコンベアを止めてしまっていた。

十七時過ぎと十七時数分前を見間違え、正社員の北野に馬鹿にされてしまった。

押見夫人の左胸と間違えて右胸を触り、鼓動がないから死んだと勘違いしていたら、後で手痛い反撃を食らってしまった。

思い出せないだけで、この手の左右誤認は他にもたくさんあるはずだ。

それは現実に留まらず、『迷宮牢』の世界をも侵食している。

「前回の『迷宮牢の殺人6』の時は、まだあなたが左右識別障害だとは気付いていませんでした。袋小路の右折四回と左折四回の違いは切が気付いて、純粋に尋ねただけだったんです。しかし今回の『迷宮牢の殺人7』の原稿を事前に郵送で受け取った時、鏡の迷路で矛盾を解決しきれてないのを見て、初めて左右識別障害の可能性を疑うようになったというわけです」

現実と違って執筆はゆっくり確認できるはずなのに、いくら何でも間違えすぎだ。

理由はただ一つ、この仕事を舐めていたからに他ならない。

自分が未解決事件の犯人だと気付かない無能警察に読ませる文章など適当でいいだろう。

そもそも警察の機関誌など誰も読まないだろう。

そんな風に考えていたので、いつも〆切《しめ》ギリギリに焦って書いて、見直しもしなかった。犯人を特定する手がかりを利き足にしたのも、ほんの思い付き。押見邸から逃走する際に左回りの法則のことを考えたことを思い出し、「これも何かの因果だ」「警察も参考にしている法則らしいからちょうど良かろう」と採用しただけの話。大体、苦手な左右の分野を持ち出すこと自体が舐めている何よりの証拠だ。

プロットもほとんどアドリブで、私情がたっぷり盛り込まれている。電子機器嫌いの餓田にとって一過性の軽薄な存在に過ぎないAIベンチャーの社長は真っ先に殺そう。同じく虚業であるユーチューバーには、未だ憎む北野章の名前を付けた上で犯人になってもらおう。

(もっとも電子機器嫌いということはインターネットも見ないということなので、ユーチューバーらしい言動が分からない。そこでネット中毒を自称する出版社の担当編集者に頼み、インターネットの俗語《スラング》や慣習《ミーム》をまとめたものを印刷して郵送してもらった。その低俗さに辟易《へきえき》しながら、汚野の台詞などに鏤《ちりば》めてみたが、所詮又聞きなので正しい実態を表現できているかは不明だ)

実は鏡の迷路だったという種明かしも、もちろん当初から予定していた叙述トリックではない。万里の挙手や汚野のツートンヘア、エカチェリーナの指の長さも伏線などではなく、読み返した時に間違いに気付いて無理矢理伏線に仕立て上げただけ。キャラ設定のメモを作らず脳内だけで情景を想像しようとすると、途端に左右誤認が頻発するようだ。

すべては拳銃を蹴った足を逆転させ、右左折のミスを誤魔化すための後付け。そのせいで上田万里を糞《くそ》みたいなユーチューバーの共犯者にしなくてはいけなくなったのだけが心残りだ。

お気に入りのキャラクターだったのに。

「作品の内容だけで左右識別障害と決め付けるのは、ちと乱暴じゃないですか」

左右識別障害を隠し通すことにそこまでメリットは感じなかったが、プライドの高い餓田は一応反論を試みた。

「作品の内容だけではありません。あなたは最初に切との打ち合わせでこの喫茶店に来る際、アイスクリームの屋台がある三叉路で道を間違えて、公園の奥へと入り込んでしまいましたね。あれは初めての道でうっかり左右を取り違えたからではありませんか」

あの時、餓田はカップルへの推理に屋台のメニューを持ち出した。メニューを知っているということは、一度は三叉路を経由しているということである。そこからなぜまた三叉路に戻るのか。道を間違えたからに他ならない。

しかし愛がそれを知っているということは——。

「あの時、尾行していたのですか」

「はい、打ち合わせの際は毎回喫茶店まで尾行した後、裏口から厨房に入り、ウェイトレスに扮《ふん》して打ち合わせを聞いていました。ちなみにここ最近は打ち合わせの日に限らず、日常的に尾行していますよ。何かボロを出すんじゃないかと一縷の期待を抱いて」

「やれやれ、どうしてそこまで私に固執するのか……」

まだ言い逃れできる気はしたが、どうしても左右識別障害が事件とどう結び付くのかが分からないので、その点は認めることにした。

「確かに私は左右識別障害ですよ。それ自体は認めましょう。で？　それがどうしたっていうんです？　まさか左右識別障害だから犯罪者だなんて差別的なことを言い出すんじゃないでしょうね」

「もちろんそんなことは言いません。ですがしおかぜ市一家殺害事件に限って言えば、犯人が左右識別障害だったと考えると頷ける部分があるんです」

話が危険区域に戻ってきた感じだ。

実際、左右識別障害の餓田が犯人であるわけだから、何かミスをやらかしている可能性はある。

何だ？　押見夫人の鼓動を測り間違えた件か？

いや、あれは警察が知る由のないことのはずだ。

すると……？

「残された筆跡によると、犯人は筆談で千里さんに金庫の開け方を聞いたはずです。にもかかわらず、千里さんは別室である金庫の前で殺害されていた。ダイヤルに指紋を拭き取った跡がないことから見ても、犯人は千里さんに金庫を開けさせたものと思われます。金庫の開け方を聞いておきながら、なぜそうしたのか。もしかして犯人はダイヤルを回す方向が左右ごっちゃになることを恐れたのではないでしょうか」

そういえばそんなこともあったか。

確か彼女の言う通りだ。

なるほど、この疑問がずっと念頭にあったからこそ、彼女は左右識別障害の可能性に思い至ることができたのだろう。

「でもそれはあなたも言っている通り『もしかして』でしょう。状況証拠に過ぎない。私が先程からずっと求めているのは物的証拠です。物ですよ！　物理的な何かを貴方がたは持っているんですか？」

愛はややムキになったように言い返した。

「あなたに言われなくても、我々はずっと物的証拠を求めてきましたよ。物的証拠がなければ検察も裁判所も動きませんからね。何人の捜査官が血眼《ちまなこ》で探したか……」

「で、結局それはあるの、ないの、どっち」

「あります」

一瞬息が詰まった後、餓田は猛然と反発した。

「だったら早くそれを見せろや！」

店内の熱気はすでに最高潮に達していたが、愛は怒鳴り合いには乗らず冷静に話し始めた。

「証拠が遺棄されたのはやはり例の海浜公園だ——私の直感がそう告げていました。私は幾度となくそこに足を運びました。犯人の気持ちになるため、深夜に懐中電灯一つで、鞄に花壇のレンガを詰めて園内をうろついたりもしました」

「完全に不審者じゃないですか。職務質問はされませんでしたか」

餓田は揶揄するが、愛は無視して続ける。

「私は思いました。私が犯人なら少しでも沖の方に捨てたい。だから湾に突き出した防波堤の上を歩いていくはずだと。私もそうすることにしました。真っ暗闇の中、防波堤の上を進んでいったのです」

餓田の頭にもあの夜の光景が蘇る。

「防波堤の外側には海が、内側には干潟が広がっています。暗がりの中、左右識別障害のあなたはちゃんと海の方に証拠を捨てたと確信できますか？　もしかして反対側の干潟に捨ててしまったりしていませんか？」

一気に血の気が引いた。

まさか、さすがにそんな間違いを犯すわけが——。

餓田は必死に記憶を手繰る。

大丈夫だ。

ちゃんと右に投げている。

いや、待てよ。

そう言われれば左に投げた気もしてきた。

そもそも大前提として海は右にあるのか、左にあるのか……？

何もかもが朧《おぼろ》げだった。

今この瞬間の左右も覚束《おぼつか》ないのに、十二年前のそれを思い出せるはずもないではないか。

「——いや、違う」

ドボン、と。

「ちゃんと着水音がした」

「え、それは自白ですか？」

「そういうことじゃない！　海に捨てたら着水音がするし、干潟ならしないんだから、間違うはずないだろってことですよ」

「ああ、餓田さんは地元の人なのに干潟について詳しくないんですね。干潟は時間帯によっては海面の下に沈むんですよ」

「何――」

だとしたら――自分が捨てたのは――。

「元々、干潟に捨てたのではないかという仮説は捜査本部でも出ていたんです。ですがしおかぜ干潟はラムサール条約で保護されており、よほどの確証がないと掘り返す許可は出ません。何せどこに捨てたか分からないから一面掘り返すしかなく、貴重な生態系を滅茶苦茶にしてしまうわけですからね。干潟に捨てるくらいなら、すぐ側の海に捨てるだろうということで、結局許可は下りませんでした。

しかし今や状況は変わりました！　筆跡鑑定が一致した被疑者は左右識別障害で、海と間違えて干潟に捨てたかもしれない可能性が出てきたのです。これが最後のチャンスでした。我々は方々と交渉し、干潟の調査の許可を取り付けました。地元住民のブーイングを受けながら掘削を続け――そしてついに見つけたのです。リュックです。中には証拠が詰まっていました。

しおかぜ干潟は泥質で、底なし沼に性質が似ています。底なし沼に足を突っ込むと抜けなくなるのは、そこに真空が生まれて引き込まれるから。同様の理屈でリュックも半ば真空保存されていたためか、保存状態は良好でした。最新の鑑識技術によって被害者の血痕や、被害者以外の指紋が検出されました。指紋はゴム手袋の内側に付いていたのも幸いしたのですが、その指紋が一致したのです。言うまでもなく、あなたの手書きの原稿に付着した指紋とです。これ以上の物的証拠はありません。そしてこれがあなたの逮捕状です――」

「私はカッとなるという言葉が大嫌いなんです。私は自らの意志で『怒る』ことができる。それが私の特別性なんです」

餓田はそう言って席を立ったつもりが、実際は奇声にしかなっていなかった。

そのまま愛に飛びかかろうとした瞬間、右だか左だか分からないが拳が飛んできて、床に打ち倒された。

霞《かす》む視界の中、見下ろしていたのは黒縁眼鏡——森ノ宮切だった。

彼女はドスの利いた声で言った。

「お姉ちゃんに手を出すな」

ドカドカと男たちが近寄ってきて、無茶苦茶に餓田を押さえつけた。危うく圧死しそうになった
餓田は悲鳴を上げた。

「やめろやめろ。俺はベストセラー作家、死宮遊歩だぞ。丁重に扱え」

パンプスを履いた脚が歩いてきた。

愛だ。

興奮を押し殺した声が言った。

「あなたはもう死宮遊歩にはなれない。ただの餓田でしかない」

「ふざけるな。『迷宮牢』は誰が続きを書くんだ」

切が冷酷に宣告した。

「『迷宮牢』は打ち切り。もう続きを書く必要はありません」

「ああああああ、それじゃ死宮が弾切れでダサいままじゃないか！　違うって！　これから弾切れで相手の気を逸らした隙に華麗なるバリツが決まるんだって！　それを書かなきゃダサいまま

じゃないか！」

「ダサいままでいいですよ」

今度は愛だ。

「死宮遊歩なんて元々『迷』う方の『迷』探偵ですし」

「何だと？　お前、今何て――」

「公園でのカップルへの推理！　尾行の時、聞いてましたけど、あれ間違ってますから」

「え？」

「ハチはハッカ油とかのミント系の匂いを嫌うから、チョコミントのアイスクリームでスズメバチをおびき寄せるというトリックがそもそも成立しないんです。そんなことも知らずにドヤ顔で推理披露しちゃって馬鹿みたい！　聞いてて共感性羞恥で死にそうだったわ」

「そ、そんな……」

死宮遊歩が遠ざかっていく。

餓田から遠ざかっていく。

「私のことも舐めるように見回してくるし、毎回吐き気を我慢しながら打ち合わせに臨んでたんだから。オノマトペを無理矢理当て字にするのも読みづらくてしょうがないし」

今度は切だ。

「大体、上田万里って名前は何ですか。自分の苗字と、被害者の千里さんの名前をもじったヒロインだなんてキモすぎです！」

ああ、押見千里。

男女としては上手く行かなかった。

でも女の死宮遊歩なら、もう一度やり直せるのではないかと思ったのだ。

だが鏡の迷宮にしてしまったせいで、汚野の武智殺しを目撃しているはずの万里を共犯者にせざるを得なくなった。

北野なんかに千里を取られてしまった。

そこで論理をねじ曲げて、エカチェリーナを共犯者にするということはできなかった。

なぜなら自分は推理小説家だから。

結局、自分にはこれしかないのだ。

生涯誰とも触れ合うことなく、人殺しの物語を書いていくしかないのだ。

それが餓田の特別性だ。

「まあまあ、二人とも。関係ない話はその辺にしてだね」

林田が柔和な声で割って入った。愛と切が同時にキッと睨むが、その鋭い視線はふくよかなボディに受け流される。

彼は餓田の側にしゃがみ込んで尋ねた。

「引退した身として口を出すのはどうかと自分でも思うが、どうしても聞いておきたいことが一つだけあってね。動機だよ。どうしてあんなことをしたんだ。当時から金だけが理由じゃないような気がしていたが……」

餓田の意識が少しだけ現実に引き戻された。

こいつは少し分かっているな、と感じたからだ。

「ああ、そうだよ。金だけじゃないさ。俺は怒っていたんだ」

「怒っていた？　何にだね」

「何にってそりゃあ……」

何にだっけ？

餓田は当時の記憶を掘り起こし始めた。

確かそう……。

「ぶつかったんだ」

「ぶつかった？」

「そう、駅で押見十馬と女が……」

突如、封印が解けたように、その瞬間の光景が鮮明に蘇った。


衝突からすべてが始まった。

一人は、側頭部に円形脱毛症ができた灰色スーツの中年男性。

もう一人は、耳たぶの下端に慎ましいピアスを着けた紺色カーディガンの若い女性……。


待てよ、何かがおかしい。

チリチリと脳内が焦げ付き始めている。

今までにないシナプスが開通しようとしている。

次の光景が迫ってくる。

餓田は女の足側に回り込み、腕時計をした右手で女の右耳を指差した。

「右耳——守られる人——同性愛者じゃないってことね。でもピアスはあんたを守っちゃくれないぜ。自分で自分の身は守れるようにしないと。じゃあな!」


右耳?

そう、右耳だ……。

女は右耳にピアスを着けていたんだ。

その女と正面衝突した男の円形脱毛症が真横にいた餓田に見えたということは、それは左側頭部にあるはずだ。

だが……?

餓田はいよいよ人生で初めて人を殺した瞬間のことを思い出した。

残った柄を右側頭部の円形脱毛症めがけて投げ付けてみたが、ピクリとも動かない。間違いなく死んでいた。


違う!

押見十馬の円形脱毛症は右側頭部にある!

人違いだ!

何ということだろう。

事の発端から左右を間違えていたのだ。

餓田は女に体当たりをする卑劣な「ぶつかりおじさん」を罰したつもりだった。だが十馬に罪はなかった。必然的に餓田の正当性も失われる。

「ああ、何てことだ！　これじゃただ強盗殺人とレイプをしただけじゃないか！」

「いや、それは最初からそうでしょう」

と誰かが言った。

「違う！　そんなありがちな話じゃない！　俺はもっと――」

餓田は名探偵の影に手を伸ばした。

だが今となってはもはや彼女が右に行ったのか左に行ったのか皆目見当が付かないのであった。

〈参考文献〉

『迷宮学入門』　和泉雅人　講談社現代新書

この作品はフィクションであり、実在の人物・団体・事件とは一切関係ありません。

本書は「ジャーロ」77（2021年7月）号〜84（2022年9月）号に掲載された
「迷宮（す）いり」を改題し、加筆修正した作品です。

早坂吝（はやさか・やぶさか）

1988年生まれ。京都大学文学部卒業。京都大学推理小説研究会出身。2014年に『○○○○○○○○殺人事件』で第50回メフィスト賞を受賞し、デビュー。同作で「ミステリが読みたい！ 2015年版」新人賞を受賞。'17年『誰も僕を裁けない』で第17回本格ミステリ大賞候補。著書に「援交探偵 上木らいち」シリーズ、「探偵AI」シリーズ、『アリス・ザ・ワンダーキラー 少女探偵殺人事件』『ドローン探偵と世界の終わりの館』『殺人犯 対 殺人鬼』などがある。

しおかぜ市《し》一家《いっか》殺害《さつがい》事件《じけん》あるいは迷宮牢《めいきゅうろう》の殺人《さつじん》

2023年５月30日　初版１刷発行
2023年12月30日　　　３刷発行

著　者　早坂《はやさか》 吝《やぶさか》

発行者　三宅貴久

発行所　株式会社 光文社

〒112-8011　東京都文京区音羽1-16-6
電話　編　集　部　03-5395-8254
　　　書籍販売部　03-5395-8116
　　　業　務　部　03-5395-8125
URL　光　文　社　https://www.kobunsha.com/

組　版　萩原印刷

印刷所　新藤慶昌堂

製本所　国宝社

落丁・乱丁本は業務部へご連絡くだされば、お取り替えいたします。

ISBN978-4-334-91528-5